居酒屋お夏 二

春呼ぶどんぶり

岡本さとる

幻冬舎時代小説文庫

居酒屋お夏　二　春呼ぶどんぶり

目次

第一話　春呼ぶどんぶり

一

秋の穏やかな日射しが、居酒屋の土間に降り注いでいた。

店の内は、中食《ちゅうじき》をとる職人や人足で賑《にぎ》わっている。

小上がりの片隅には、荒くれ共に呑み込まれるかのように座っている、春之助《はるのすけ》の小さな姿があった。

「はい、たんとおあがんなさい……」

女将《おかみ》のお夏《なつ》が、その前に折敷《おしき》を置いた。

折敷の上には、丼飯《どんぶりめし》と具だくさんのけんちん汁、香の物が入った小皿が載せられている。

食べてもなかなか減りそうにない丼飯を見て、

「小母《おば》さん、こんなにたくさん……？」

春之助は、行儀の好《い》い姿勢を崩さず、すまなさそうに言った。

「何を言ってるんですよう。子供のうちはうんと食べるのが努めだ。遠慮なんかいらないから、食った、食った……」

お夏は軽やかに声をかけると、

「はい！」

と元気に応えて、旺盛に飯をかき込む春之助の姿を、嬉《うれ》しそうな顔をして眺めた。

目黒行人坂《めぐろぎようにんざか》を上ったところにあるこの居酒屋は、ほとんど一日中店が開いている。

女房に先立たれ、まだ幼い子供を抱える男達にとっては真にありがたい。

自炊するよりも、安くて美味《うま》い物を食べさせてくれるお夏の居酒屋に通う方が、はるかに割が好いからだ。

それゆえ朝や昼に店で子供を見かけることも珍しくない。

そして、誰に対しても悪口雑言、憎まれ口をたたくお夏のことである。子供に対しても容赦はない。

「こら！　走り回るんじゃあないよ！　埃《ほこり》が立つだろ馬鹿！」

「兄弟仲好《よ》くしないなら、外へ放り出して、行人坂の下まで蹴《け》り落すよ！」

「嫌いな物は初めにそう言いな。だが、好きで頼んだ物を残したら、口をこじあけてでも食わすから覚えておきな！」

　万事こんな調子なのだが、この春之助に対しては、件《くだん》のごとく話し口調も穏やかで丁寧だ。

　春之助は十歳。お夏の居酒屋とは通りを挟んだ向かい側の長屋に住む、亀井礼三《かめいれいざぶ》郎《ろう》という浪人の子である。

　武士の子であるゆえに、気を遣ってやっているところもあるが、お夏はどうも春之助が不憫《ふびん》に思えてならないのだ。

　この店の常連である亀井礼三郎は、気がやさしいのが災いするのか、何をやってもその名のように〝のろま〟でうまくいかない。

　礼三郎から直に聞いたわけではないのだが、お夏の耳に入ってきた彼の身の上話をまとめてみると――。

　かつてはさる大名家に御馬役として仕えていたという。

ところが、妻を娶《めと》ったばかりで浪々の身となった。

殿様の愛馬が俄《にわか》に死んでしまって、その責めを一身に背負わされたのだ。

御馬役は礼三郎一人ではなかったのだが、

「おぬしばかりのせいでもないが、それが宮仕えの辛《つら》さというものだ。誰かが責めを負わねば収まらぬのだ……」

というよくわからぬ上役の一言で致仕するはめになった。

「まあ、後のことは任せておくがよい。おぬしの身が立つように考えようではないか……」

上役はこう言って宥《なだ》めたが、こんなものはもちろん空手形で、その日から苦しい浪人暮らしが続いた。

新妻は愛想を尽かして実家へ帰ってしまった。

何とか貯《たくわ》えと、傘張りの内職などで食いつなぐうちに、当時暮らしていた高輪《たかなわ》の一膳飯屋で一人の酌婦《しゃくふ》と知り合った。

女はおせいといった。三味線《しゃみせん》も弾けて、客あしらいもうまく、方々の酒場で重宝がられている、なかなかの甲斐性者《かいしょう》であった。

おせいは武士が好きで、やさしくて、目鼻立ちの整った礼三郎を気に入って、

「お前さん一人くらい、わたしが何としてでも養ってあげるよ……」

などと言って迫り、わりない仲となったそうな。

何をやってもうまくいかない礼三郎にしてみれば、おせいの甲斐性もさることながら、自分を男として認めてくれた女の情にほだされたのだ。

やがて一緒に暮らすうちに春之助が生まれた。

礼三郎は、何とか自活の道を模索するが、稼ぎの方はおせいに及ばぬから、自ずと春之助の世話をする方に回ることになる。

そのうちにおせいは、養ってあげるとは言ったものの、傘張り仕事の他は一向に身を立てることの出来ない礼三郎に苛立《いらだ》ちを覚えるようになってきた。

その傘張りとて、ひとつ仕上げるのに間がかかり、内職とも言えないくらいの実入りしかない。

それなのに、春之助はというと日々面倒を見てくれる礼三郎に懐き、おせいの傍《そば》に寄ろうとしない。

気短で、何かというと酒の匂《にお》いをさせながら怒鳴りつけるおせいである。幼い春

之助が寄ろうとしないのは仕方のないことなのだが、おせいはおもしろくない。

ある日、三味線片手に盛り場に出かけたまま、おせいは戻ってこなかった。

家には二分《ぶ》ばかりの金が残されてあった。

その二分でしのぎつつ、父子身の立つようにしてみるがよい――。

おせいはそう言いたかったのであろうか。

それから礼三郎のさらなる苦闘が始まった。

幸いにして、春之助は六つになっていた。礼三郎とは似ても似つかぬしっかり者で、もう手がかからなかったから、礼三郎は内職に没頭できた。

それによって、下手で手間のかかった傘張りも、何とか人並にこなせるようになった。

それでも、おせいがいなくなっては、住んでいる長屋も店賃《たなちん》の安いところに移らざるをえず、方々を転々とした後、今の目黒永峯《ながみね》町の裏店《うらだな》に移ってきたのである。

亀井父子にとっての好運は、近くにお夏の居酒屋があったことだ。

板場を預かる清次《せいじ》が拵《こしら》える料理は、値といい、量といい程が好く、頼めばその時々に応じて適当にみつくろってくれるという。

ここで朝昼晩と飯を食べる者も多いと聞いて、ある日春之助を連れて行ってみると、

「口入れ屋は何でも口に入れときゃあいいんだよ！」

「くそ婆《ばば》ァ！　何でもったあどういうことだ！」

いきなりお夏と、常連の硬骨漢・不動《ふどう》の龍五郎《りようごろう》との口喧嘩《くちげんか》に触れて唖然《あぜん》と立ち竦《すく》んでしまった。

長屋の連中には、

「口の悪いくそ婆ァさえ気にならなければ、常連に嫌な奴《やつ》はいないから行けばいいですよ……」

と言われていたが、

「これほどまでとは思わなんだ……」

後になって礼三郎はつくづくと語ったものだ。

しかしこの時、お夏は父子の姿を見るやすぐに口喧嘩を止《や》めて、

「焼き魚に漬け物に、豆腐のみそ汁《しる》でよろしいですね……」

まず注文を勝手に決めたかと思うと、

「お待ちどおさま……」

すぐに丼飯と共に出してくれた。

「若君には何膳食べてもらってもよろしゅうございますから……」

そして、目を丸くする礼三郎にぶっきらぼうに言い置くと、入れ込みの床几《しょうぎ》の端に腰かけて、ぷかりぷかりと煙管《キセル》で煙草《たばこ》をくゆらせた。

すると、今の今までお夏と口喧嘩をしていた龍五郎のいかつい顔が何事もなかったかのように綻《ほころ》んだ。

それから、亀井礼三郎、春之助父子はお夏の居酒屋の常連となった。

口入れ屋の龍五郎は、子連れの礼三郎を気の毒がって時に日雇い仕事を回してくれたから、父と子はこの地に何とか腰を据えることが出来たのである。

それでも、礼三郎が甲斐性者になったかというとそうではない。

傘張りは人並になったとはいえ、龍五郎が仕事を回した相手先からは、

「親方、あの旦那だけは勘弁してくだせえ……」

そう言われることがほとんどで、相変わらず貧乏暮らしからは抜け出せないでいた。

春之助は、そんな父親でも折目正しく、

「父上……」

と慕い、内職を手伝い読み書きを父に習い、なかなか近所の子供達と遊びも出来ぬのに愚痴《ぐち》のひとつもこぼさない。

居酒屋に食べにきても、お夏が出す丼飯をあたり前に思わずに、

「こんなに……？」

と、いつも遠慮をしてみせる。

お夏はその姿を見ると、何とも不憫に思うのである。

この日も春之助は、お夏が出してやった丼飯を小さな手に持って、実に美味そうに平らげると、

「ご馳走《ちそう》になりました！」

元気な声を残して家へと戻っていった。

帰ると入れ替わりに礼三郎が飯を食べにやってくる。

その間、春之助が一人で傘を張るのである。

「ああ……、箸《はし》に目鼻を付けても男は男だよ。何とかならないのかねえ……」

お夏は礼三郎に想いを馳《は》せて溜息《ためいき》交じりに呟《つぶや》いた。

いつものお夏節が飛び出したかと、店の客達がくすりと笑った。

「まったくのろまな亀さんだよ……」

ちょっと吐き捨てるかのように言うと、それでもお夏は礼三郎が来たらすぐに出してやれるように、手ずからけんちん汁を温め、飯をよそってやった。

「やあ、これはどうも、いつも春之助に好くしてもらって、真にその、忝《かたじけな》い……」

やがておっとりとした物言いで礼を述べつつ、礼三郎が店へと入ってきた。

「はいはいはいはい……、何でもようございますから、食べておくんなさい」

なかなか礼の言葉が終りそうにないので、お夏は急《せ》き立てるように礼三郎を座らせ、中食を運んでやった。

食の細い礼三郎の飯は並の大きさにしてある。

「男はもっと食べなきゃあいけませんよう」

お夏はよく叱るように言うのだが、

「ははは……。拙者はどうも、貧乏暮らしが似合うような体に生まれてきたようでな。うむ、その分春之助が食べさせてもらっているから帳尻が合おう」

その度ににこやかに返され、このところは黙って少なめに出してやるのだ。

「これが噂《うわさ》のけんちん汁か……。うん、うまい」

今日もまた満面に笑みを浮かべて言われると、

――お前は武士だろ。倅《せがれ》のためにしっかりとしろよ。

そう思いながらも何も言えなくなる。

頭の中に浮かんだことは、面と向かって口に出さずにいられない。そんなお夏にとっては、少しばかり厄介な常連なのである。

二

因業婆ァと陰口を利かれるお夏でさえ、人目にもわかるほどに気遣いをみせている亀井春之助である。

居酒屋の常連達の中にも、春之助に構いたくて仕方のない者もいる。

口入れ屋・不動の龍五郎もその一人だが、この日の夕べにひょっこりと店を覗《のぞ》いたお春《はる》もなかなかのものであった。

お春は、目黒不動門前の下目黒町《しもめぐろ》にある仏具屋〝真光堂〟の後家である。

「根っからの箱入り娘には敵《かな》わないよ……」

常々お夏が言うように、四十半ばにして少女のように若やいだ声で、

「お夏さん……」

と、この界隈《かいわい》では恐れられているお夏に、何臆することなく語りかけてくる。

「あんたみたいにおっとりとした人が店をうろうろしていると、調子が狂っていけないよ」

そんなお夏の毒舌も、お春にしてみると新鮮に映るのか、

「お夏さんの憎まれ口は本当におもしろいわねえ……」

ただ感心してしまうので、お夏もお手上げなのだ。

「春之助さんは、まだ食べにはきていないのかしら」

お春は店に入ったところにある床几に腰をかけて、お夏に問うた。

「やれやれ、今日は亀井の若君に、何の世話を焼こうってんです」

仏具屋には、仕事柄あれこれと古い本があるのだが、誰が読むわけでもないから
もらってくれないか——などと言って、以前、お春は春之助が好みそうな書物を買

い求めてあげたことがある。

金持ちは親切を遊びにしていい気になっている。その時もお夏はお春を窘《たしな》めたものだが、お春はまたも何か企んでいるようだ。

「いえ、春之助さんに筆をさしあげようかと思いましてね」

「筆……?」

この日の昼下がりに、お春は目黒不動の門前で春之助を見かけた。

道端にしゃがみ込んで、彼は帳面に何かを書き込んでいた。

お春が春之助に、何を書き込んでいるのかと問うと、張り終えた傘を届けた帰り、目黒不動・瀧泉寺《りゅうせんじ》の僧に出会い、あれこれ寺の縁起などを聞いたので、忘れぬうちに書き留めておこうと思ったのだと彼は応えた。

「それは感心ですね……」

お春はその帳面を覗き込みながら、春之助を称《たた》えたが、

「その時、春之助さんが使っていたのがちびた筆だったのよ……」

それゆえに、そんな筆を使っていては、春之助の学問の道も開けないと思って、何本か買い求め持参したのだと、お春は嬉しそうに言った。

「余計なことをしなさんな」

お夏は顔を歪《ゆが》めた。

「余計なことかしら、喜んでくれると思うのだけど……」

「武士は食わねど何とかって言うじゃあないか」

「そこは、店に筆が余っているとか言って……」

「そんなら店で使えばいいだろう。弘法筆を選ばずだ。ちびた筆をどこまで使いこなせるか。それもまた学問の道だし、あんたが出しゃばることはないんだよ」

金持ちは、施しを受ける側の心情をわかっていないと言って、お夏はそっぽを向いた。

「う〜ん……。わたしは出しゃばっているのかしら」

「出しゃばっているねえ。筆くらい亀井の旦那だって買えるよ」

「そうね……」

こういうところ、お春は素直である。しかつめらしく頷《うなず》いた。

「だいたい、どうしてあんたは春さんにそう構うんだい」

「お互い〝春〟って名だから」

「何だいそれは……。あんたの心の内はお見通しさ。貧乏で母親もいないのに健気《けなげ》に暮らしている。そんな春さんがかわいそうだから何かしてやりたい……。そうだろ、あたしはそういうのが大嫌いなんだよ！」

「わかりましたよ……」

お春はさすがにお夏の迫力に押されてしまい、

「自分だって、丼ご飯を出してあげてるくせに……」

少しばかり頬《ほお》をふくらませて帰っていった。

「もういい歳《とし》なのに、あのふくれっ面が妙にかわいいんだよ……。ああ、それがまた気に入らない……」

誉《ほ》めたりくさしたり……。お夏の物言いがおかしくて、板場でけんちん汁の鍋をかき回す清次がふっと笑った。

これにつられた客の一人が、

「いつまでものろまな亀さんじゃあ、春さんも苦労するねえ……」

とぼけた口調で溜息をついて、客達が笑い声をあげた。

「あんた達が人のことを笑えるのかい……」

それをお夏はじろりと睨《にら》みつけた。

「ふん、その日暮らしの極楽蜻蛉《ごくらくとんぼ》が調子に乗るんじゃあないよ！」

お夏に一喝されて、

「いや……、まったくその通りだな……」

「偉そうなことを言っちまってすまなかったよ……」

客達は決まりが悪そうな表情となり、一様に飯をかき込んだ。

お夏がいきなり怒り出したのには理由があった。

いつしか店の出入り口に春之助が立っていたのだ。

「お腹《なか》が減りましたよ」

春之助は努めて明るい声を発すると、小上がりに座った。

客達の話し声は聞こえていたが、そこに悪気がなければ気にはしない。むしろ、間の悪い時に来てしまったことを申し訳なく思う。

春之助はそういう子供であった。

「お父上はまだですかい……」

清次がやさしげに声をかけた。

たった今客達にがなっていたお夏の熱を冷ますための気遣いであった。

客達も、春之助にすまないことをしたと思っていただけに、清次が間合を切ってくれたのでほっとした表情を浮かべた。

「父上は親方ともうすぐ来ると思いますよ」

春之助はちょっと嬉しそうな顔で応えた。

「親方……？　龍五郎の親方ですかい」

「はい、政《まさ》さんがちょっと来てもらいたいと迎えにきたのですよ」

政さんというのは、政吉《まさきち》といって、龍五郎の口入れ屋の若い衆である。

「そうですかい。それじゃあ、何か好い稼ぎが見つかったのかもしれねえですねえ……」

「はい……」

なるほど、それで春之助は嬉しそうな顔をしたのかとお夏は見てとり、

「まあ、あの芸のない口入れ屋のことだから、あんまり当てにしない方が好いだろうけどねえ……」

いかにもお夏らしく、憎まれ口を利きながら喜んでやった。

「芸がないたあ誰のことだ……」

そこへ、不動の龍五郎が亀井礼三郎と政吉を伴って店へ入ってきた。

「お前さんのことに決まってるだろう」

お夏は、宿敵の登場に対して、からかうように応じた。

「くそ婆ァ、口入れ屋のおれがどんな芸をすりゃあ好いってんだ」

「口入れ屋の芸ってのは、人に合った稼ぎを探してあげることじゃあないのかい」

「居酒屋の婆ァが、わかったようなことを言ってやがるぜ」

「そんなら、今度こそ亀井の旦那に相応《ふさわ》しい仕事を見つけたってのかい」

「何だと……」

たちまちこの店の名物であるお夏と龍五郎の口喧嘩が始まった。

この間、清次の勧めで、礼三郎は春之助の傍に座っていたが、

「いや、女将、親方は、その、拙者に相応しいと思って、今まで働き口を見つけてくれたのだが……。拙者が何事にも、鈍くて、不甲斐《ふがい》なくて……」

いたたまれなくなって、自らの反省を口にした。

龍五郎に文句を言いつつ、礼三郎にも奮起を促す意味も込めた、お夏らしい憎ま

れ口なのだが、

「うるせえ婆ァ！　旦那に気を遣わせるんじゃあねえや。今度の仕事はなあ、庭いじりや人足仕事なんぞとはわけが違うんだよ」

龍五郎はお夏の言葉を制し、自信ありげな表情をしてみせた。

「へえ、そうなんですかい……」

お夏は大仰に驚いてみせて、礼三郎に問うた。

「それが女将、そうなのだよ。真に、その、ありがたい仕事なのだ……」

「そいつは珍しいこともあるもんで……」

「婆ァ、珍しいは余計だろう」

龍五郎は、ゆったりと話す礼三郎に代わって、自慢げに仕事の内容を語った。

「旦那にしかできねえことだ。わかるか、馬の面倒を見るって仕事さ……」

さる旗本が馬好きで、近頃、駿馬《しゅんめ》を一頭手に入れたのだが、厩《うまや》の下男だけでは飼育がどうも心許《こころもと》ない。と言っても馬役人を雇う余力もない。

そこで馬の飼育に詳しく月に二度ばかり様子を見てくれる者はいないかと殿様が仰せである——。

その話が、旗本に仕える用人から龍五郎にもたらされたのだ。

龍五郎が以前からその旗本屋敷に、日雇いの中間《ちゅうげん》を世話していた縁ゆえのことだが、龍五郎はここぞとばかりに亀井礼三郎を売り込んだ。

かつて仕えていた大名家の馬が死んだということは伏せて、

「馬と話ができるようなお人で、馬にあんまり懐かれたので、上役のお侍から疎まれなすってご浪人に……」

などと話して、とりあえず話を決めてきたのである。

「あとは旦那の腕次第ってわけだ。畏《おそ》れ入ったかくそ婆ァ」

龍五郎は鼻高々である。

何よりも、春之助の嬉しそうな顔を見るのが、人情家の龍五郎にとっては嬉しかった。

「そうかい、そいつは畏れ入ったよ……」

お夏も喜んだが、この女将は素直にはいかない。

「だが親方、あんたは馬鹿だね」

「何が馬鹿だ……!」

「だってそうじゃないか。こんなところで、前にお仕えしていたお屋敷の馬が死んだ、なんてことまで話すんじゃあないよ」

「うッ……」

龍五郎は確かにそうだと思い口ごもった。

礼三郎が浪々の身となった理由については、仕事の世話をするうちに直に聞いて知っていたが、親しい者の他は知らないことであったのだ。

「おれは、そんなことを言ったか……」

「大きな声で言ったよ」

「そうだったかな……」

店にいた客達は、巻き込まれるのは御免だとばかりに、

「おれ達には何も聞こえなかったよ」

「何だか知らねえけど、仕事が見つかったようでよかったね……」

口々に礼三郎と春之助に頬笑《ほほえ》んで店を出た。

黙りこくる龍五郎を気遣った政吉は、

「おう、手前《てめえ》ら余計なことを喋《しゃべ》りやがったら、ただじゃあおかねえぞ！」

持ち前の強面《こわもて》で去り行く客達に凄《すご》むと、清次に向かって、

「清さん、何か食べさせておくれよ。それから酒も頼むよ……」

一転して女のようなやさしい声で言った。相変わらず政吉は清次が大好きのようだ。

龍五郎は気を取り直して、

「おう、そうだな。祝いだ、一杯もらおう。旦那、今日はこの口入れ屋のおごりだ。たまには一緒にやりましょう」

豪快に笑ってその場を取り繕った。

「へい、今日は鴫焼《しぎやき》がありやす。春さんも、しっかり飯を食ってくだせえよ……」

清次が威勢よく板場で動き出し、その夜は亀井礼三郎の前途を祝ったささやかな宴《うたげ》となった。

旗本屋敷の馬の世話といっても、大した金にもならないし、いつまで雇ってくれるかしれたものではなかった。

だが、礼三郎にとっては一番得手である仕事につけるのだ。

馬と話が出来るのは嘘《うそ》ではない。そもそも死んだ馬が一番懐いていたのは自分で

あった。だからこそ、妬《ねた》まれて責めを負わされたのだ。だが、あの馬を死なせてしまったのは自分の責任でもあったのだから、浪人したのも悔いはない。今でもその自負は持っている。

居酒屋の人情に助けられ、礼三郎は僅《わず》かながらも、生きる望みを見出しつつあった。

茄子を油で焼いて、練り味噌を塗って炙《あぶ》る——清次が出してくれた鴫焼の味も格別であった。

美味そうに丼飯と共に食べる春之助の姿がまた、礼三郎を励ましてくれる。

お夏はというと——その宴の間も、少し離れた床几に腰かけて、礼三郎と龍五郎の話をぼんやりと聞きながら煙管を使っていた。

このままゆっくりと、この父子を静かな時が包み育《はぐく》んでくれたらよいものを——。ひねくれ者のお夏でさえもそう願うほど、ほのぼのとした父子の幸せの予感が店の内に漂っていた。

だが、お夏は煙草の煙と共に、何やら胸の内に漂う靄《もや》を吐き出していた。

世間の荒波は、何故だか弱い者や貧しい者、やさし過ぎる者に押し寄せてくることを、お夏は肌でわかっている。それがやがて父子に到来する不安が、お夏の胸の内をよぎっていたのである。

そして正《まさ》しく今、その荒波は、父子のささやかな望みをも呑み込もうとしていたのである。

三

その夜、亀井礼三郎は春之助を先に長屋へ帰し、目黒不動の門前にある龍五郎の家でさらに酒を飲んだ。

こんなことは久し振りであったが、

「なに、あっしの家で飲むんですから、気遣いはいりませんや……」

龍五郎に誘われると、嬉しさが先に出て断ることも出来ず、

「では、今宵《こよい》は遠慮なく……」

とばかりについて行ったのだ。

政吉が酒の仕度をしてくれた。炒豆《いりまめ》をつまむくらいの酒盛りであったが、龍五郎

も滅多と見つからぬような仕事を回すことが出来た喜びが大きかったのであろう。

「今じゃあお旗本もせちがらくなって、渡り用人だとか渡り中間だとか、その場しのぎで家来を雇うようなご時世だ。だが、考えようによっちゃあ、方々渡り歩いた方が気楽かもしれませんしねえ、厩番だって旦那の評判が立ちゃあ他からも引きがくるってもんだ。何軒もかけ持ちするようになりゃあ、ちょっとした実入りになりますぜ」

自分が世間に渡り厩番を広めることになるかもしれないと興奮気味に語った。

そんな話をしていると、礼三郎もすっかりと気が大きくなり、

「拙者は親方の顔を潰《つぶ》さぬように、その、しっかりと、励むつもりですぞ……。うん、馬のことなら任せてもらいたい……」

ゆったりとした口調も、心なしか舌がよく回るようになり、ひとしきり楽しい時を過ごすと、上機嫌で春之助が待つ長屋へと家路を辿《たど》ったのである。

夜風はもう寒かったが、今宵の火照《ほて》りを冷ますにはちょうどよい。

田圃《たんぼ》道を抜けて、太鼓橋《たいこばし》の手前まできた時であった。

「ああ、よかった。やっと見つかったよ……」

三十前の女に声をかけられた。

その声には聞き覚えがあった。

「まさか……」

礼三郎は女の顔をまじまじと見つめた。

道端の料理屋の軒行灯《のきあんどん》に照らされたその顔は、四年前に家を出たまま帰ってこなかった妻のおせいであった。

「何だい、飲んでいるのかい。なかなか景気が好いじゃあないか」

「おせい……。お前という奴は……」

日頃は温厚な礼三郎も、子供を捨てて出て行ったおせいの姿を見てはさすがに堪《た》えられず、

「いったいどういう了見なんだ……」

声を荒らげて詰め寄った。

「まあ、そう怒らないでおくれな。食い詰めていたお前さんの面倒を見た昔もあったんだからさあ……」

おせいは甘ったるい声を出して、ちょっと後ろへ下がって、石造りの橋の上に足

をかけた。

　この橋は名のごとく太鼓の胴のように、中央が丸形に反っている。背の低いおせいの目の位置が礼三郎と同じ高さになった。

　やつれているかと思えば、たくましいおせいはよろしく暮らしていたのであろう。以前よりも顔には艶《つや》が出ていた。さすがに母子である、黒目がちな目は春之助とよく似ている。

　酷《ひど》い女でも、おせいは春之助の母親であった。その想いが礼三郎の荒れる心を静めた。

「それで、今までどうしていたんだ……」

　礼三郎は低い声で問うた。

「まあ……、礼さんと知り合う前と同じようなものさ」

　おせいは悪びれずに応えた。

「盛り場を三味線片手にうろつく……。そんな暮らしが恋しくなって、子供を捨てて出ていったというのか」

「盛り場が恋しくなったわけじゃあないが、春之助はあんたにべったりだし、そういう礼さんは甲斐性がないし、何もかもが嫌になったのさ」

「嫌になったか……。お前の言いそうなことだ。すぐに熱くなるが、またすぐに冷める……」

「そういうあたしと一緒になったのは礼さんだよ」

「そのことは悔やんじゃあいない。春之助を授かったのだからな」

「ふッ、ふッ、泣かせることを言うじゃあないか。礼さんはやさしいねえ……」

そのやさしさが災いするのだと言外に皮肉を込めて、おせいは小さく笑った。

——この女が今頃になって何故自分の前に現れたのだ。どうせろくな理由ではない。

礼三郎は、このまま何も聞かずに追い払ってしまいたい気分になったが、

「春之助は達者にしているのかい……」

腹を痛めて産んだ子供である。薄情な母親ではあるが、春之助の様子を訊《き》くおせいの顔に愁《うれ》いの色が顕《あらわ》れた。

おせいの表情を見ると、礼三郎は邪険にも出来ず、

「ああ、好い子に育ってくれたよ……」

「そうかい、それはよかったよ。礼さんのお蔭だねえ」

「お前のような女でも、自分が産んだ子供のことが気にかかるか」

「そりゃあ……、忘れたことなど一度もないさ」

「それで会いたくて堪《たま》らずに、探し求めてここまで来たか」

日頃は喋り口調がゆったりとしている礼三郎であるが、この四年のおせいへのわだかまりが酒の酔いに乗って、口から次々と言葉を吐き出させていた。

「ああ、そうさ。方々尋ねて、この辺りで見たという人に行き当たってねえ……」

おせいは言葉に力を込めた。

その人が言うには、亀井礼三郎という浪人は、確か不動の龍五郎という口入れ屋に時折仕事を回してもらっている人に違いないとのことで、

「これから訪ねて訊いてみようと思ったら、ここで会えたというわけさ。やはり礼さんとは縁があるんだね」

おせいは経緯《いきさつ》を話すと、真っ直ぐに礼三郎を見た。

その目には強い光が宿っている。

礼三郎は途端に不安にかられた。

ただ一目会いたくなったというのではなく、おせいは自分から春之助を取り返しに来たのではないか——。そう思ったからである。

「会ってどうしようというのだ……」

礼三郎は高鳴る胸を抑えて訊《たず》ねた。

「すぐに会わなくったっていいんだよ」

「何だと……」

「あの子を引き取らせてもらいたいのさ」

「引き取るだと……」

不安は的中した。礼三郎は息を呑んだが、そんなことが許されるはずはない。

「今さら何を言っているんだ。お前に春之助が育てられるとでもいうのか！」

「育てられるさ。お前さんよりもね……」

おせいは一歩も引かぬ気構えをみせた。

「あの人と縒《よ》りを戻したのさ……」

「あの人……。まさか……」

「鷲尾《わしお》一馬《かずま》と一緒になるんだよ」

その言葉に、礼三郎は打ちのめされたように立ち竦み、しばし言葉を失った。

「嘘じゃあないよ。旅に出ていたあの人が江戸に戻ってきて、あたしを捜しているって聞いたから会いに行ったんだよ。そしたらあの人、今度江戸に剣術道場を開くから、そこで一緒に暮らそうって……。ふッ、ふッ、お前さんと違ってあの人は甲斐性者だよ。だから、どう考えたって春之助は、あたしが引き取って育てる方が好いに決まってるんだ。あの子に因果を含めて、あたしのところへ寄越しておくれな。お前さんは嫌とは言えないはずだ。まあ、何をやってもぐずな礼さんのことだから、今日、明日とは言いませんよ。でも、十日は待てないから、お願いしましたよ……」

礼三郎は、よく動くおせいのぼってりとした唇をじっと眺めながら、ただ黙って昔の女が話すのを聞いた。

橋の袂《たもと》で別れてからのことは何も覚えていない。

長屋へ戻ると、父の帰りを待っていた春之助をすぐに寝かせて、そのあどけない寝顔を一晩中見つめた。

夜が明けると、その日は口数も少なく、傘張り仕事も手につかぬ様子で溜息ばかりをついていた。

春之助は、まるで元気のなくなった父が気になったが、

「昨夜はちょっとばかり調子に乗って、飲み過ぎてしまったようだ……」

礼三郎にそう言われると、日頃酒を飲みつけぬ父のことゆえ素直に納得して、その日を過ごした。

日の高いうちは傘張りを手伝い、その合間に読み書きを教わり、礼三郎の勧めで長屋の子供達の遊びに少しだけ加わる。

三度の食事はというと、朝は握り飯。これは前夜にお夏の居酒屋で拵えてもらったもので、昼と夕はお夏の居酒屋へ出かけて食べる。

いつもと変わらぬ一日であった。

「どう考えたって春之助は、あたしが引き取って育てる方が好いに決まってるんだ……」

昨夜のおせいの言葉が何度も礼三郎の頭の中で蘇《よみがえ》った。

春之助には、おせいと再会したことを、言えないでいた。

だが、いつまでも黙っているわけにはいかない。

自分一人で考える間が欲しかった。

その日の夕餉《ゆうげ》を、父子はお夏の居酒屋で入れ替わりにとった。

「今日はどうもはかどらなかったゆえに、もう少し励んでからにしよう……」

礼三郎はそう言って、先に春之助を店にやったのだ。

この日、春之助は麦飯にとろろ汁を食べたということであったが、

「女将、今宵も少し酒を飲みたいのだが……」

礼三郎は、この店に来てから初めてお夏の出す料理に注文をつけた。

といって、何を出してくれというのでもない。

ただ、酒を飲みたいと言えば、お夏ならば何とでもしてくれるだろうと託したのだ。

こんな時は、ちょっと色っぽい女将のいる小料理屋にでも行って、

「酒をくれ……」

と言えばいいのであろうが、懐の具合も考えると自分の飲める店はここしかなかった。

三十半ばの男がまったく情けない話であるが、それでも自分のような甲斐性なしに、頼れる店があるのはありがたかった。

「少し飲みたいなら湯豆腐でもしましょうかねえ……」

お夏は、礼三郎の異変を感じたであろうが、何を問い返すこともなく、酒を飲みたいという礼三郎の頼みに応えた。

やがて清次が小鍋立てにした湯豆腐に、すりおろした山芋《やまいも》が入った小鉢《こばち》を添えて、酒と共に運んでくれた。

「その山芋に、鍋の出汁《だし》と酒を少し落して、醬油《しょうゆ》をかけまわして、こいつを豆腐にからめてやってみてくだせえ。なかなかいけますぜ」

清次もまた何も詮索《せんさく》せず、酒と料理を勧めてくれる。

それが何ともありがたく、礼三郎は清次に言われたようにして豆腐を口に運んでみた。

口の中でとろける豆腐の甘さに、山芋の濃厚な味わいがからまって実に美味い。

まだ口中に粘りつくとろろを酒で胃の腑《ふ》に流し込む——。

おせいと会った衝撃に、一日中落ち着かずにいた心の内がほっこりとしてきた。

——さて、どうすればよいのか。いや、春之助をどうするべきか。それを考えるのだ。

落ち着いて考えてみるがまとまらない。

人というものは厄介なもので、そっとしておいてもらいたい想いの次には、誰かに構ってもらいたい。話を聞いてもらいたいという想いが湧《わ》いてくる。

ちょうどそんな気持ちになった頃――。

店に不動の龍五郎が現れた。

「こいつは亀井の旦那、一人で一杯やるとは珍しいですねえ……」

龍五郎は、浮かぬ顔をして酒を飲んでいる礼三郎を一目見て、

「何かある……」

と思ったようだ。

そして、こんな時はまず声をかけるのが、この男の信条なのだ。

「これは親方、昨日はあれこれ世話になった……」

それでも礼三郎は、昨日の礼を言うと何も言えずに黙ってまた飲み始めた。

龍五郎が人情に厚い男であるとはわかっているし、胸の内に溜《た》まった屈託を吐き出せば楽になるとは思ったが、店の内には他にも三人ばかり客がいる。おいそれと言える話ではなかったのだ。

だが、龍五郎は礼三郎に何やら用があったらしく、

「ちょうどよかった……。旦那にちょっと話しておきてえことがありましてね……」

清次に酒を注文すると、龍五郎は礼三郎の傍へ腰を下ろした。

「話しておきたいこと？　それは好いことかな」

「いえ、それほどでも……」

「そうだろうな……」

礼三郎は自嘲《じちょう》の笑みを浮かべた。

「昨日の厩番の話なんですがね。今日、問い合わせたら月の内に二度来てくれというのが、一度でいいと言ってきましてね。それで謝礼の方は二朱《しゅ》だとぬかしやがる……」

しみったれた話だと、申し訳なさそうに話す龍五郎に、礼三郎はまた自嘲の笑みを浮かべて、

「なくなったわけではないのだ。他所《よそ》から呼ばれるように務めるまでだ……」

「そう言ってくださるとありがてえが……。もうひとつ気にかかることがありましてね……」

「気にかかること……」

もう、こうなったらどうにでもなればいいさと、礼三郎は捨鉢な物言いになった。

――黙って飲んでいる旦那に、あれこれ話しかけるとは気の利かぬ男だ。

今、帰っていった客の皿を片付けながら、お夏はじろりと龍五郎を睨むように見た。

店には、礼三郎、龍五郎の他に客がまだ二人いた。

――滅多なことを軽々しく口にするんじゃあないよ。

お夏の目がそう言っていることに気付き、

「へえ、まあ、大《てえ》したことでもねえんですがね……」

お夏とは何かというと反目する龍五郎も、少しばかり性急過ぎたと言葉を濁した。

その間合で、清次がちろりの酒を龍五郎の許へと運んできて、

「親方も、亀井の旦那と同じものなどどうですかい……」

と、勧めた。

「おう、こいつはうまそうだ。清さん、おれにも頼むよ」

龍五郎は、一息ついて飲み始めた。

そうして湯豆腐を、うまい、うまいとつつくうちに夕餉の客の二人が次々と帰っていった。この先、遅くまで仕事をしている芸人、易者、夜鷹《よたか》といった連中が店に来るまで、お夏の居酒屋は少しの間落ち着くのである。

この時を逃さず、龍五郎は〝気になること〟を礼三郎に告げた。

しかし礼三郎にはもう察しがついていた。

「旦那を捜している女がいたと、耳にしましてね……」

案に違《たが》わず、おせいのことであった。

おせいが礼三郎の噂を教えてもらったという男が、龍五郎に伝えたのであろう。

「その女は、おせいと名乗ったそうで……。それはもしかして……」

「左様か……」

「いかにも、春之助の母親でござる」

「やはり……」

龍五郎は、礼三郎をまじまじと見つめて息を呑んだ。

今は床几の端に腰かけて、煙管の火皿《ひざら》に煙草を詰めていたお夏であったが、一瞬その手がぴくりと止まった。

清次は俎板《まないた》に向かって野菜を刻んでいたが、軽快な包丁の音が心なしか乱れていた。

この二人が、人の込み入った話に自ら進んで加わろうとしないのはわかっている。

だが、聞けば聞いた分だけの気遣いをするのも、龍五郎はよく知っていた。

ここは自分が、礼三郎の体から放たれている屈託を吐き出させるしかない——。

後でお夏から、

「ふん、幡随院長兵衛《ばんずいいんちょうべえ》を気取っているつもりかい……」

などとお節介を揶揄《やゆ》されると思いながらも龍五郎は、お夏と清次にも聞かせておきたかった。

「亀井の旦那、様子を見れば何やらそのことで、気うつを病んでおいでのようだ。その理由《わけ》を教えてくださいませんかねえ……」

龍五郎は、口入れ屋の親方として、仕事を世話している礼三郎のことはよく知っておきたいのだと問いかけた。

「忝い……」

礼三郎は、龍五郎の言葉をしっかりと呑み込んでから、大きく頷いた。

思えば寄辺なき浪人の身にとって、信ずるに足るのは、この場にいる三人だけかもしれなかった。何もかも身の上を打ち明けることが、今までの好誼《こうぎ》に対する礼だと思った。

「実は、おせいは、その、拙者と縒りを戻すつもりで訪ねてきたわけではないのでござる……」

礼三郎は、おせいが春之助を返してくれと言ってきた事実を訥々《とつとつ》と打ち明けた。

「何て女だ……！」

龍五郎は憤《ほ》った。

「前に惚れていた、鷲尾とかいう男と縒りを戻したのは勝手だが、そいつが好い羽振りだからって、今頃のこのこと出てきて、春さんを連れていこうってえのはどういう了見だ。旦那、思い悩むまでもねえでしょう。ふざけたことをぬかすんじゃあねえと、横っ面のひとつ張ってやりゃあ好いんですよう」

礼三郎は、しばしの間、押し黙っていたが、

「いや、それがそうもいかぬのだ。実は……、春之助は、その鷲尾という男の子供なのだ」

やがて絞り出すような声で言った。

「何ですって……」

清次が奏でる包丁の音が、俎板の上でぴたりとやんだ。

煙管を使うお夏の顔は、不機嫌極まりないものになっていた。

四

「拙者がおせぃと暮らし始めた時、おせぃの腹の中には、鷲尾一馬という武士の子が宿っていたのでござる……」

おせぃは、ちょっとやさぐれた剣客風の武士が好きであった。

鷲尾一馬は、その頃高輪辺りで商家の用心棒などをしながら糊口《ここう》をしのぐ浪人で、

「ふッ、今の世にあっては、おれの剣など何の役にも立たねえか……」

酒場で呟くそんな拗《す》ねた物言いも、細面で少ししゃくれた顔つきの鷲尾が口にすると風情がある。

亀井礼三郎も何度かその姿を見かけたことがあったが、粋《いき》筋の女達から騒がれて

いて、

「男はやはり強くなければならぬものか……」

そんな風に思ったものだ。

おせいもまた鷲尾に熱をあげた。

「お前さんはいつか世に出るお人だよ……」

そう言っては金品など貢《みつ》ぎ、情婦を気取った。

だが、小遣いをせびるにはちょうど好いが、胸に野望を持つ鷲尾にとっては、やがておせいという存在が煩わしくなったのか、ある日忽然と姿を消した。

廻国修行《かいこくしゅぎょう》に旅発つとの置手紙があったが、おせいは捨てられたと悟り自棄《やけ》になった。

毎夜のごとく浴びるほど酒を飲んで、町を徘徊《はいかい》し道端に倒れていることもあった。

それを放っておけずに介抱してやったのが、心やさしき礼三郎であった。大きな馬を世話していた彼にとって、小さなおせいを世話することなど造作もなかった。

彼にとってはそんな何げない親切心であったのだが、おせいは亀井礼三郎という浪人を知って、

「強い男も好いが、やはり男はやさしさが何よりだね。お前さんはいつか世に出るお人だよ……」

　今度は礼三郎に熱をあげ始めたのだ。

「今思えば、おせいなりに腹の子が不憫だったのでござろう。武士の血を引く身なのに、この先は盛り場で暮らす女の倅として、生きていかねばならぬのだから……」

　礼三郎の述懐は続いた。

「それだから、亀井の旦那に、子の父親になってもらおうと思ったわけですかい」

　龍五郎は、やりきれぬ想いで聞いている。

「どうせ浪人で、どこからも誰からも相手にされぬ不甲斐ない身だ。それがおせいと一緒になったからといってどうということもあるまい……。その時は、拙者もおせいの情にほだされたのでござるよ」

　礼三郎も自棄になっていた。

　この世でただ一人——自分を求めてくれる女がここにいる。この女と共に生きてみようと思ったのである。

「旦那は、腹の子が自分の子ではないと知っていたのですかい」

「うむ、おせいは何も話さなんだが、いかに拙者がのろまとて、子ができる間の勘定が合わぬことくらいはわかる。はっきりと腹がふくれ始めた頃、誰の子だと訊ねた」

するとおせいは、悪びれもせず、どうせそのうちわかることだと言って、この子は鷲尾一馬の子だと打ち明け、

「礼さんを騙《だま》すつもりはなかったんだ。ただ生まれてくる子が不憫で、お前さんのようなやさしいお武家さんに、父親になってやってもらいたかったんだよ……」

縋《すが》るような目を向けてきた。

共に暮らし始めた時から、礼三郎は、おせいが腹に子を宿しているのではないかと内心気付いていた。

このままでは他人の子の父親にされかねぬとも思ったが、おせいは子を育てるために稼ぐと言ったし、礼三郎はそんなおせいが愛《いと》しくなった。

そうして子が出来ると、礼三郎はこの子がかわいくて堪らなくなった。

傘を張るしか能のない礼三郎は、いつも家にいるから、自ずと子供の面倒を見る

ことになる。

いつかこんな暮らしに春が来る――。

そう願って礼三郎が春之助と名付けた子は、礼三郎を父と思い懐いた。

おせいの他にも、自分を求める小さな命がある。馬を誰よりもかわいがり大事に育てた礼三郎が、人の子である春之助に夢中になるのに時はかからなかった。

やがて、おせいが我が子を捨てていなくなった時も、むしろおせいが春之助を連れていかなかったことを喜んだ。

礼三郎が春之助を武士の子として育て、父と子の深い絆《きずな》を築いていく一方、おせいは自分がそれを望んだというのに、一人蚊帳《かや》の外に置かれた気がしておもしろくなかったのだろう。

おせいは高輪の安手の料理屋で女中をしつつ、時には三味線を弾いて客を楽しませて、相変わらずそれを稼ぎにしていたが、

「やっぱり、やさしい男ってえのはどうも退屈でいけないねえ……」

などと言っては、客の誘いに応じて遅くまで飲み歩くようになった。

「あたしがお前達を食わせているんだから文句は言わせないよ……」

酔って帰ってきては、何も言わぬ先から毒を吐くおせいと暮らしていては春之助のためにならない。そう思うようになっていただけに、おせいがいなくなり暮らしは困窮したものの、礼三郎はかえって心の内がすっきりしたものだ。

「だが、不動の親方……。拙者はいつも怯《おび》えていた。おせいはともかく、いつの日か鷲尾一馬が、おれの子を返せと言ってくるのではないかと……」

礼三郎は大きな溜息をついて俯《うつむ》いた。

その目に滲《にじ》んだ涙を見られまいとする、それが礼三郎のせめてもの武士の、男の意地であった。

恐れていたことは現実のものとなった。

しかも、おせいが鷲尾一馬と縒りを戻した上でのことだ。血を分けた父と母が春之助を育てようといっているのに、これをはねつけるわけにはいかない。礼三郎の葛藤《かっとう》は続いて、

「せめて拙者に甲斐性があればよいのだが、鷲尾一馬は剣術道場を構える身となったと言われると、春之助が拙者といる方が好いという理由は何もない……」

またも彼は自嘲の笑みを浮かべた。

たった今、厩番の仕事がいくらにもならないと伝えたばかりの龍五郎は、何と言えばよいかわからなくなってしまったが、

「何もないってことはねえでしょう」

むきになって礼三郎に言った。

「大事なのは春さんの気持ちじゃあねえですか。春さんは旦那を慕っていなさるし、敬ってもいる。今さら知らねえ男が親父《おやじ》だって言われても、戸惑うばかりでしょう……」

「いや、理由《わけ》を話せば戸惑いもせぬであろう……」

礼三郎はこれに、捨鉢な物言いで応えた。

「春之助は、拙者が本当の父親でないことを知っているのでござるよ……」

「何てこった……」

龍五郎は唖然とした。

「おせいがある日酔っ払って、拙者がおらぬ間に、何もかも春之助に喋ってしまった……」

礼三郎は戯言《ざれごと》であると、すぐに打ち消したが、幼い頃から聡明《そうめい》であった春之助は、

その意味を解したであろうと見ていた。

おせいにしてみれば、礼三郎にしか懐かぬ春之助が疎ましく、何か言ってやりたくなったのであろう。

おせいだけではない。

おもしろがって、春之助に鷲尾一馬のことを話す者とていたのである。

「旦那、知っているなら尚《なお》のこと、旦那を慕い、父親として敬う春さんを渡しちゃあなりませんぜ……！」

龍五郎は礼三郎を鼓舞した。

「それに、本当にそのおせいって女が、鷲尾とかいう浪人と縒りを戻したのか。そいつも怪しいもんだ。だって旦那はその目で確かめたわけじゃあねえんでしょう」

「確かめたわけではないが……」

「もし縒りが戻っていたとしても、剣術道場を開くってえのも本当かどうか……。食い詰めて、女にたかろうとして法螺《ほら》を吹いているのかもしれやせんぜ……」

いずれにせよ、春之助は鷲尾一馬にも、おせいにも一度捨てられたのだ。そんな薄情な父母に育てられたとて、この先ろくな人にならないと龍五郎は礼三郎にこんこんと説いた。

「拙者もそう思う。春之助を渡したくはない。だが、春之助の先行きを考えると、まずおせいの言っていることが本当かどうかを確かめた上で……」

苦悶《くもん》の声をあげる礼三郎に、

「本当だったら、春さんを渡した方が好いかもしれませんねえ……」

ここでお夏が声をかけた。

「何てことを言やがるんだ！」

龍五郎がたちまち気色《けしき》ばんだ。

「婆ァ、手前《てめえ》には人の情ってものがわからねえのか……」

「ふん、情だけで人は食っていけない……。そいつは親方が一番よく知っているじゃあないか」

「そんなことは婆ァに言われなくてもわかってらあ！」

「だったら、月に二朱なんてけちな仕事じゃあなくて、もっと割の好いのを入れておあげよ」

「ああ、そんなものはいくらでも入れてみせるさ」

「いくらでも？　旦那にこなせる仕事がいくらでもあるというのかい」

「何だと……」

「何をしても要領好くこなせない世渡り下手。それがこの旦那だよ。そんな親に育てられる方はたまったもんじゃあないよ」

「ぬかしやがったな。春さんは、亀井の旦那の恩を思わねえ子じゃあねえやい。お前だってわかっているだろう」

「だからさ、旦那は悩んでおいでなんだよう……」

「その通りだ……」

礼三郎が頷いた。

「春之助はそういう子だ。だからこそ、拙者はあの子に人の上に立つ立派な武士になってもらいたいのだ。真の父でもない拙者に義理立てをして、貧乏浪人の子を続けていたとて浮かぶ瀬もない……」

「いや、そうだといって……」

龍五郎は何か言おうとしたが、

「旦那は生まれながらのお武家様だよ。あたしらの考えなんて、言ったところで役に立つもんか。差し出口はそのあたりにしておきよ」

お夏がこれを止めた。

もう既に礼三郎の腹は決まっているに違いない。

どう考えても、実の父母に渡す方が春之助のためになる。礼三郎は、春之助がかわいいがゆえにそうしてやらねばならぬと心から思っているのだ。

だが、生《な》さぬ仲でも世間の父子以上の絆を繋《つな》いできた春之助を手放すことは、身を切られる想いである。

自分自身を納得させるきっかけを、摑《つか》もうとあがいているだけなのだ。

酒を飲み、誰かに真実を打ち明けて聞いてもらう——。そうすることで己《おの》が心を開き、決意を確かなものとしたかったのに違いない。

もう十分付き合ってやったのだ。とどのつまり、自分達他人の出る幕ではないのだから、これ以上の差し出口は礼三郎の決心をかえって鈍らせる。お夏はそう思うから龍五郎を窘めたのだ。

龍五郎も直情径行ではあるが、それなりに世を渡ってきた男である。お夏の言葉の意味合いがわからぬではない。

「ふん、婆ァはもう丼飯を出すのが嫌になったようだぜ……」

龍五郎はお夏に毒突くと、

「旦那、何かあったら声をかけてやっておくんなせえ……」

もう何も言わず寂しそうに、お夏の店を出た。

「旦那、あの親方もあたし達も、こんな大事な話を聞かされるほど、できた人間じゃありませんよ……。旦那の思うようにおやんなさい。それが何よりだ……」

お夏はそう言うと、いつものように煙管で煙草をくゆらせた。

清次は、燗のついたちろりを礼三郎の前に置くと、

「景気付けにどうぞ。あっしのおごりです……」

呟くように声をかけた。

飯も酒も、代も早さも客あしらいも……。何という〝ほどの好い〟店なのだと、礼三郎がつくづくと感じ入った時。

「小母さん、何か食わせておくれ……」

「酒は、辺りをひとしきり廻った後にまた頼むとしよう……」

冷たい夜風と共に、新内流《しんないなが》しの一組が店に入ってきた。

五

翌朝。

亀井礼三郎は、日本橋の北東、富沢町へと出かけた。

春之助には旧友の病気見舞だと言って家を出たが、近々開かれるという、鷲尾一馬の剣術道場を見にいくためであった。

「嘘だと思うなら、明後日《あさって》の朝に浜町の高砂橋《たかさごばし》までおいでなさいな。あたしが連れていってあげるよ……」

おせいがそう言ったのである。

朝の五つ（午前八時頃）と決めて行ってみれば、おせいは橋の袂に澄まし顔で立っていた。丸髷に小袖《こそで》姿で、武家の女房のような姿であった。

おせいはそそとした様子で礼三郎に頭を下げると、

「一馬様がね、あたしをどこかのお武家様の養女にしてやると言ってくれたんだよ。浪人とはいえ剣術道場の先生の妻となるのだから、恰好《かっこう》をつけないといけないってね。何だか照れくさいけど、春之助のためにもその方が好いし、何といっても、もう三味線片手に町へ稼ぎに行くこともないからね……」

少し恥ずかしそうに言った。

同じ浪人でも、甲斐性のある男と一緒になれば、こんな自分だって武家の女になれるのだと、あてこすられた気がして、

「姿形は好くとも、まずその口の利き方を改めねばな……」

礼三郎にしては珍しくからかったように言葉を返すと、すぐに道場へと案内させた。

礼三郎の嫌味も、幸せに浮かれる今のおせいには気にならないようで、河岸を少し北へ行くと、

「そこですよ……」

おせいはうっとりとした表情を浮かべて、通りに面した腕木門《うできもん》を指さした。

歩み寄ると、〝梶派一刀流剣術指南〟の看板が読めた。門の内には数人の大工がいて、忙しく立ち働いている。

どうやら、何者かが開いた剣術の稽古場を譲り受けて改築しているようだ。五十

坪ばかりのなかなか立派な建物である。

「ちと訊ねるが、この稽古場の主は何という先生でござるかな……」

頭格の大工をつかまえて訊いてみると、

「へえ、鷲尾一馬先生でさあ。ちょうど旦那くれえのお歳だが、まだお若えのに大《て》《え》したもんでごぜえやすよ……」

との返事であった。

「左様か……」

礼を言って振り向くと、外でおせいは得意そうな顔で笑っている。話に嘘はないようだ。

剣術の腕前は人並以下の礼三郎であるが、鷲尾一馬がそれほどまでの遣い手であったとは思えなかった。よほど豊かな後ろ楯《だて》を得たのであろう。

「まだ疑っているなら、これからあたしと一緒に一馬様に会いに行くかい」

おせいは姿に似合わぬくだけた物言いで、礼三郎を誘った。

「それには及ばぬ……」

おせいには今さら何の想いもないが、かつては情を交わした女である。それがまた縒りを戻した相手に自分から会いに行く謂《いわ》れなど何もない。しかも都合好く、春之助を返してくれと言ってきた男ではないか。

「そうかい、そりゃあ残念だ。一馬様は、礼さんにお礼をしなきゃあいけないと言っていなさるんだ、この後はお前さんも少しは好い暮らしをしてもらいたいってね……」

おせいは、鷲尾がいかに好い男かを誇るように言ったが、礼三郎はそれには応えず、さっさと歩き出した。

鷲尾は、おせいが腹に己が子を宿したと知りつつこれを捨てた。しかし、考えてみれば、おせいと子供のためにまだ夢も望みもある時をふいにするのは堪えられなかったのであろう。その気持ちはわからぬではない。

身を立てた後に、おせいと子供を呼び戻そうとしたのは立派でもある。

鷲尾はこの先、おせいを捨てても春之助は育ててゆくであろう。

礼三郎はそれを信じて目黒への道を歩んだ。

「早いとこ春之助を連れてきておくれよ！」

その背中におせいの弾んだ声が届いたが、礼三郎は振り返りもしなかった。

「まあ、これであの人も気儘《きまま》に暮らせるってものさ。一馬様は十両ばかり渡すと言っていたし、子供を四年育てて十両なら、礼さんには悪くない話だよ……」

おせいは礼三郎の後ろ姿を見て呟きつつ、軽やかな足取りで回向院《えこういん》へと足を延ばして参詣すると、薬研堀《やげんぼり》の料理茶屋へいそいそと入った。

なかなか風情のあるところで、小窓と地窓からは裏の前栽《せんざい》が覗く小部屋が、男女の忍び逢《あ》いにはよさげに見える。

おせいはここで鷲尾一馬と会うことになっていた。

女中に通されると、鷲尾一馬は既に来ていて、平目の刺身で一杯やっていた。亀井礼三郎と違ってこちらは、身形《みなり》も小ざっぱりとして男振りがよい。おせいの姿を見るや、

「ふん、何だその恰好は……」

呆《あき》れ顔をした。

「何だはないだろう。どこかのお武家の養女にしてくれるっていうから、今から慣れておこうと思ったのさ」

「ふッ、そうだったな……」

「一緒になってくれるっていうから、春之助を捜したんだよう。まったく気のない返事だねえ……」

「まあ怒るな。で、亀井礼三郎に稽古場を見せてやったのか」

鷲尾はおせいに酒を注いでやりながら訊ねた。

「ああ、見せてやったよ。あの人ときたら、大工にお前さんのことを確かめて、目を丸くしてましたよ」

「そうか。それで黙って春之助を渡しそうか」

「そりゃあもう。あんな立派な道場の跡取りになるんだから。春之助が幸せになることを望んですぐに返しますよ」

「そいつはまたやさしい男だな」

「それだけが取柄ですからね」

「別れた亭主につれない奴だ」

「よしておくれな。あたしが惚れたのはお前さんだけだよ。それなのに子まで生したあたしを捨てたから、それであたしは自棄になって……」

「わかった。もういいから飲め……」

鷲尾は面倒くさそうに、酒でおせいの口を塞《ふさ》ぐと、

「まず手間が省けて好かったぜ。春之助を返そうとしなかったら、たたっ斬ってやろうと思ったが、できることなら騒ぎを起こしたくはないゆえにな……」

「あの人にそんな気概はないよ。一馬様……。わたくしはもうお傍から離れませぬぞよ……」

おせいは、下手な武家言葉で、鷲尾に甘えるようにしなだれかかったが、

「ゆるりとはしておられぬでな。おせい、好きなだけ食べて飲んでから帰るがよい……」

鷲尾はそれをそらすようにして、立ち上がった。

「何ですよう。縒りが戻ったというのにつれないじゃあないか。こんなところで逢わなくったって、たまにはあたしの家でゆっくりとしておくれよ……」

おせいは拗ねてみせたが、

「今はあれこれ忙しい。おせい、春之助のことは頼んだぞ……」

鷲尾はにべもなく言い置くと、一人料理茶屋を出た。

そして足早に向かった先は、堀江町の船宿〝伊豆屋〟であった。稽古場の改修普

請が終ってそこへ移るまで、鷲尾は〝伊豆屋〟に仮住まいしているのだ。

この船宿はなかなか大きな造りで、近くに魚河岸《うおがし》を控えているだけに、旬《しゅん》の魚を食べさせてくれる料理屋の趣《おもむき》も備えていた。

鷲尾が船宿の内へ入ると、小粋な職人風の男が続いて入った。仕立のよい紬織《つむぎおり》を着こなしている様子は、腕が好く弟子の何人もいる上級の職人を思わせた。

苦味走ったこの男は、お夏の居酒屋の料理人・清次であった。この日清次は朝から、亀井礼三郎の後をつけ、おせいの後をつけ、今は鷲尾一馬の後をつけてきた。

「船を頼みたいのだが、その前にちょっと一杯飲ませてもらおうか……」

清次は女中に心付けを握らせると、二階の小座敷を開けてもらって、

「ちょいと姉さん、付き合ってくれねえかい」

一人で飲むのも寂しいからと引き止めた。

女中は清次を一目見た時から、好いたらしい人だと思っていたからすぐに打ちとけた。

「ところで、さっき強そうな旦那を見かけたが、あのお人は馴染《なじみ》のお客かい」

「ふふ、馴染どころか、ここに居付いていなさいますよ」

「ほう、そんなら用心棒ってやつかい」

「ええ、まあ、女将さんのね……」

女中は意味ありげに頬笑んだ。色気のある話をして清次とよろしくやろうと思っているのかもしれないが、女中の様子を見る限りでは、鷲尾一馬はここの女将とわけありのようである。

船宿といえば密会に使われることも多いというのに、こんな口の軽い女中がいて大丈夫なのか——。

鷲尾を探りつつも、清次はあっけらかんと内情を話してしまう女中に、苦笑いを禁じえなかったが、お蔭で様子が見えてきた。

鷲尾一馬が浜町辺りに剣術道場を構えることが出来たのは、〝伊豆屋〟の女将の後ろ楯があったからだ。

女将はお絹《きぬ》といって、木場《きば》の材木商の囲われ者であった。この船宿の女将に据えられていたのだが、材木商の旦那が死んだ後は〝伊豆屋〟を与えられ、商才を発揮して小さな船宿を名代《なだい》のものにしてのけた。

今では水茶屋や料理屋も手がける身となったのだが、歳はまだ三十を過ぎたところで、金銀に磨かれた体は美しく、女としてももう一花咲かせられる身である。

それにうまく取り入ったのが鷲尾一馬であった。廻国修行から江戸に戻ってきた鷲尾は、町で破落戸《ならずもの》に絡まれ、強請《ゆす》られているお絹を見かけて、連中を追い払ってやった。

修行の甲斐もなく食い詰めていて、助けておけば礼のひとつも出るだろうと思ってのことだったようだが、艶やかな年増女《としまおんな》と、男ぶりのいい剣客浪人は、出会うやすぐに惹《ひ》かれあった。

お絹にしてみれば、今から良人《おっと》を持つつもりもないが、女一人で商いを切り盛りするのも不安であるし、恋の相手も見つけたい。

鷲尾の後ろ楯になってやることで、情夫と用心棒を同時に手に入れたというわけだ。

道場を出してやる、門人も集めてやると言われると、鷲尾はお絹の思うがままになっても好いと思ったのだろう。

むくつけき男が、女将の言うことにはまったく従順なのだと女中は笑って言った。

「それにねえ、女将さんは大の焼きもち焼きだから、先生も大変でしょうよ……」

「そいつは大変だねえ……」

清次は女中に酒を注いでやると、おどけたように笑ってみせたが、

――鷲尾は、跡取り息子が欲しくとも、すれっからしの女はいらねえはずだ。

その目は険しく光っていた。

六

それから二日が経《た》ったある日のこと。

夕方になって、お夏の居酒屋に亀井礼三郎が一人でやって来た。その日、初めての来店で、何も食べたくはないので酒をくれと清次に注文をした。

店には礼三郎を待ち構えていたかのように、不動の龍五郎がいて、

「今日はくそ婆ァ、鬼の何とかってやつで、風邪をひいて奥に引き籠《こも》っているそうですぜ。婆ァも人並に患うこともあるんですねえ……」

お夏がいない店内を見回して、陽気に語りかけたものだ。

「左様か、こんな日は近くにいてもらいたいような。いなくて幸いのような……」

礼三郎はつくづくと言って小さく笑った。

「昼も来てなかったようだが……。旦那、いよいよ思い切りやしたか……」

龍五郎は自分の酒を勧めつつ、訊ねた。今日は一日、春之助が店に姿を見せなかったというから、さてはおせいの許に連れて行ったのだと察したのだ。

それならばまた、せめて辛い想いを吐き出させてやらねばならない。ここに至っては人目を気にすることもあるまい。龍五郎はそう思っていたのだ。

「いかにも、思い切った」

礼三郎はきっぱりと応えた。

「そうですかい。そりゃあ大変でしたねえ……」

「ああ、春之助を思い切らせるのに、手間がかかってしまったよ」

春之助は当然のごとく、

「わたくしの父は、亀井礼三郎ただ一人……。どうぞわたくしをおそばに置いてください……！」

泣いて礼三郎に縋ったものだ。これに対して礼三郎はこう言い聞かせる。

「だが、実の二親がお前を望んでいるのだ。請われれば断るわけにもいかぬ。お前の父は剣術道場の師範なのだ。どう考えてもそこで暮らすのが、お前の正しい道だ。別れたとて、生きていればまた会えることもあろう。わたしは立派になった春之助に会いたいのだ……」

同じやり取りが繰り返されて、やっと春之助を得心させたのが昨夜のこと。

「それで今日の昼は、拙者が飯を炊いて、丼飯を食わせてやった……」

「そうですかい。そいつは一生忘れられねえ飯になるでしょうねえ……」

龍五郎は、さぞかし自分の運命を恨みつつ、泣きじゃくりながら食べたのであろう春之助の姿を思い浮かべ、声を詰まらせた。

それから礼三郎は、今、おせいが住処《すみか》としている赤羽根の借家へと、春之助を連れて行ったのだという。

剣術道場の開設に忙しく、鷲尾はこのところ師範代になる剣客と宿に詰めていて、おせいの家にはほとんどいない。それで、春之助がこの家に来たらおせいが報《しら》せにいくことになっているという。

「鷲尾は改めて拙者に礼を言いたいと言っているそうだが、拙者は、その、礼が欲しさに春之助を育てたわけではないのだから……」

礼三郎は、我が子との再会に大喜びするおせいに春之助を託して、振り切るように駆け戻ってきたのだという。

「そいつは辛《つろ》うございましたねえ」

「ああ、辛かった。だが、十年たてば今日拙者のしたことは間違ってはいなかったと、春之助もわかってくれるでござろう……」

「へい……、そりゃあきっと……。だがあっしは、どいつもこいつも気に入りやせんよ……」

龍五郎の方が、自棄酒《やけざけ》の様相を呈してきた。

「どいつもこいつも気に入らない……。女将さんもそう言っておりやしたよ……」

清次が二人の前に、新しい燗のついたちろりを置いて、にこりと笑った。

「今日はとことん飲んでおくんなさい……」


その頃、おせいは幸せの頂《いただき》にいる思いで、鷲尾一馬と並んで新堀川沿いに広がる明き地を歩いていた。

今日、何が何でも春之助を連れていくという、礼三郎からの報せを受け、喜び勇んで鷲尾が定宿にしている堀江町の船宿に伝えにいったおせいであった。すると、今宵は芝松本町の旅籠に詰めているから、六つ（午後六時頃）の鐘を聞いてから迎えにくるようにとのことで、今こうして二人、春之助の許へと向かっているのだ。

春之助は、礼三郎と別れてからはずっと俯いていたが、六歳になるまで共に暮らした自分のことは覚えていて、再会した時は懐かしそうな表情を浮かべてくれた。

「あたしは、涙ながらに春之助に詫《わ》びましたよ。お前さんから授かった子を捨てちまったんですからねえ……」

「お前も一度は捨てておいて、都合の好いことをぬかしやがる……」

鷲尾は、明き地の雑木林にさしかかったところで、ふと足を止めておせいに冷めた目を向けた。

「おれが春之助を捜さなければ、お前はずっと手前《てめえ》が産んだ子を捨てたままだったんじゃあねえのか……」

鷲尾は伝法な口調で脅《おど》しつけるように言った。

「お前さん……。そんなことを言わないでおくれよ。やっと親子三人で暮らせるんじゃあないか……」

「ふん、親子三人だと、笑わせるな……」

「何だって……」

「おれが欲しいのは倅だけだ。おせい、ご苦労だったな。十両やるからこの先おれに近寄るな」

「ま、待っておくれよ。それはいったいどういうことだい……！」

「おれが妻を持つことを、大事な金蔓《かねづる》が、許しちゃあくれねえのさ」

「大事な金蔓……、お前さん、道場を建ててくれる後ろ楯ってえのは……」

「女だよ。金を持っている上に、お前《めえ》みてえに、武士の妻になろうなんて大それたことを考えねえ好い女さ」

「お前さん……」

おせいは鷲尾の思いがけぬ変心に言葉を失った。

「だが、悋気《りんき》がひでえのが玉に瑕《きず》だ。この先おれが妻を持つなんてことは許しちゃあくれねえんだ」

「あ、あんたはあたしを騙したんだね！」

「一緒になると言わねえと、お前は子供を捜そうとはしねえからな。悪く思うな」

「そんなことなら……、あの子はあんたには渡さないよ」

「ふッ、手前で捨てておいて、渡さねえとは聞いて呆れるぜ。おれも武士だ。妻は持たずとも、跡を継ぐ倅は欲しい。金蔓の女は、子を引き取ることは許してくれた。まあ、十ともなりゃあ、お前の手を借りずとも育てられる。いいからとっとと失《う》せやがれ」

鷲尾はさらに突き放したが、

「あたしはどこへも行かないよ！　こうなったら、どこまでもあんたに付きまとってやるから覚悟しな！」

元より盛り場暮らしの荒くれ女。後ろ楯の女への嫉妬《しっと》と相俟《あいま》って、おせいはいきり立った。

「仕方がねえな……」

舌打ちするや、鷲尾は情け容赦もなく、腰の刀を抜いておせいの腹に突き立てた。

少しの迷いもない、真に鬼の所業である。

「ひ、人でなし……」

信じられぬという表情を浮かべ苦悶するおせいに、

「子供はおれがもらって帰るよ。お前はおれを迎えに来る中《ちゅう》に、物盗りに遭って死んだ……」

鷲尾は冷たく言い放つと、抉《えぐ》りを入れた。

不気味な夜鳴きが辺りに響いた。おせいは声も立てずその場に倒れた。

「ふん、思い上がった馬鹿女めが……」

鷲尾は骸《むくろ》を茂みに蹴り入れて、ニヤリと笑って歩き出したが、すぐにはっと身構えた。

何者かの影を見たのである。

だが、その影に殺気はなかった。

「旦那……鷲尾の旦那じゃあありませんか……」

影が声を放った。それはちょっと嗄《しわが》れた女のもので、女の持つ提灯《ちょうちん》の灯《あかり》でその姿が明らかになった。

「お前は……」

鷲尾の表情が途端に和《やわ》らいだ。

女はそれ者《しゃ》風の年増女で、はっとするほどの艶《なま》めかしさを総身から放っていた。

縞《しま》の着物に柳に結んだ帯。右手に提灯、左の小脇《こわき》に三味線を抱えている——。その立ち姿は〝天女〟に映った。

「どこぞで会《お》うたか……」

「嫌ですよう。随分前に高輪で……」

「高輪……。ふッ、ふッ、そんなこともあったかのう」

鷲尾はうそぶいた。知らぬで済ますには惜しい女であった。

「憎いお人ですねえ。そんなら今、思い出させてさしあげましょう……」

女は傍《かたわ》らの立木の枝に上手に提灯を立てかけて、三味線を手に取って弾く素振りを見せた。ところが次の刹那《せつな》、棹《さお》に仕込まれた白刃が一閃《いっせん》したかと思うと、鷲尾一馬の腹に深々と突き立った。

「お、おのれ……」

鷲尾は信じられぬという表情を浮かべ苦悶した。

「女を殺《あや》めちゃあいけませんよう……」

〝天女〟は妖《あや》しげな笑みを浮かべると、仕込みの刀で抉りを入れた。

何という凄腕であろうか、それともこ奴の技が拙《つたな》いのか——。

鷲尾一馬もまた、声も立てずその場に倒れた。

〝天女〟は提灯を手に、何事もなかったようにその場から立ち去った。

一足ごとに提灯の灯《あかり》が遠ざかり、辺りはたちまち闇に包まれていった。

七

「旦那、しっかりしておくんなさいよ……」

「もう、放っておいてくれたらよいのだ……」

「ヘッ、ヘッ、とんだからみ酒だ」

酔い潰れた亀井礼三郎に肩を貸しながら、不動の龍五郎は、彼を永峯町の裏店へと送ってきた。

「もう、息子を養うこともなくなったのだ。酒くらい飲んでもいいだろう。そうであろう、なあ、親方……」

礼三郎はそう言っては飲んだくれた。

龍五郎は、このまま礼三郎が酒浸りになることを恐れたが、今宵は止めずにとことんつき合ってやった。

しかし、飲み馴《な》れぬ酒にあっという間にふらふらとなり、

「どこまで拙者は不甲斐ないのだ……」

喚《わめ》く声さえ力なく、九尺二間の裏店へとやっとのことで辿り着いたのである。

「旦那、着きやしたが、妙ですぜ」

「妙だと……?」

「家にぼんやりと灯《あかり》が灯《とも》っておりやすよ」

「灯《あかり》が……。家を間違えたか……。何といっても、その、酔っ払っているからな……。いや、確かにここだ……」

がらりと戸を開けると、ほのかに灯《とも》る行灯の灯《あかり》に小さな人影が見えた。

「春之助……」

それは春之助の姿であった。

「父上……」

その円《つぶ》らな瞳から、どっと涙がこぼれ落ちた。

「春之助……、どうして帰ってきたのだ……」

酒の酔いも一度に冷め、礼三郎は首を振りながら涙にむせた。春之助が話すには、おせいがいない隙《すき》をついて、夜道を一人で駆けてきたという。何と健気なことであろうか。

「旦那、子は品物じゃあありませんぜ。そんなにたやすくやり取りできるもんじゃあねえですよ……」

龍五郎は、もらい泣きで声を詰まらせつつ、礼三郎の背中をぽんと押すと裏店を後にした。

「父上、お願いでございます。わたしをおそばにおいてください……」

戸を閉めて家へと上がった礼三郎の前に、春之助が手を突いた。

「春之助、だがな、お前の本当の親はなあ……」

礼三郎は諭すように言ったが、

「わたしの親は、亀井礼三郎、ただ一人でございます！」

力強く応える春之助を前にしては、もう言葉が出なかった。

「お前は……、お前は……」

「血がつながっていても、剣術の先生であっても、わたしは、そんな父も母もいりません。父上……、父上……」

上目遣いに縋りつく春之助を見ていると、これがあの得手勝手な鷲尾一馬とおせいの、血を分けた子供なのかと思えてくる。

——そうだ、春之助がいたから自分は、辛い浪人暮らしを生きてこられたのだ。禄《ろく》を失い、妻に去られたこの身が生きることに望みを持てたのだ。まだ亀井礼三郎とて、一旗揚げられぬと決まったわけではない。この子のためならいかなる艱難辛《かんなんしん》苦《く》も堪えられる。

「このような不甲斐ない父でよいのか……」

「よいも悪いもありません。おそばにおいていただきたいのです……」

「春之助！　すまなかった……」

二人は抱き合いながらおろおろと泣いた。

おかしな縁で結ばれた父と子は、血よりも濃い思いの絆で、今本当の父子となったのである。

それから——。

亀井礼三郎、春之助父子は、またお夏の居酒屋に通うようになった。

礼三郎は、春之助がおせいの家から逃げ出した後に、鷲尾一馬とおせいが相果てたと知り驚いた。

おせいは、自分と縒りを戻すと言いながら、鷲尾一馬が船宿の女将と懇《ねんご》ろになっていたことを知り、嫉妬に狂って、隠し持った短刀で鷲尾を不意に刺した。鷲尾は傷を負いながらも腰の刀でおせいを刺して反撃したものの、力尽きて倒れた——。

町方の詮議《せんぎ》はそのようなところで落ち着いた。調べれば調べるほど、鷲尾、おせいの胡散臭《うさんくさ》い過去が明らかとなり、半端者が二人死んだとて奉行所ではそれを哀れとも思わなかったようだ。

「春之助はもう渡さない」

あの日の翌朝、礼三郎は意を決しておせいを訪ねたのだが、思わぬ惨事《さんじ》を聞いて唖然としたものだ。

生みの親が二人とも死んだと知ったとて、春之助が悲しむとも思えなかったが、

「お前に逃げられて、諦《あきら》めたようだ。あれはみな、夢だった……。そういうことにしておこう……」

おせいも鷲尾も姿を見せなくなったと、春之助には伝えておいた。

いつかわかる日もくるだろうが、その時は一緒になって驚いてやろう――。

礼三郎は、夢の結末をお夏、清次、龍五郎だけに報せて、月に一度の厩番の仕事に心血を注いだ。

不動の龍五郎は、礼三郎から報された夢の結末に御満悦で、お夏の居酒屋で父子と会うと、

「いやあ、旦那、今思うとあの夜は楽しかったですねえ。まったく、この店のくそ婆ァは風邪なんてひきやがって、肝心な時にいねえってもんだ……」

と、お夏に憎まれ口をたたいては嬉しそうに語りかけ、父子を守り立てた。

秋も深まったこの日も、夕餉を食べにきていた亀井父子と出会って、

「だが何ですねえ。亀井の旦那は大したものだ。あっしにも子供がいるが、旦那みてえに大事にしてやらなかった」

つくづくと言った。

「いや、大事にされてるのは、拙者の方でござるよ」

にこやかに応える礼三郎の口調も心なしか歯切れが好くなっていた。

「そいつは親方なんかと違って、旦那の育て様がよかったからですよ」

と、そこへお夏がやってきて、はにかむ春之助の前に、

「はい、たんとおあがんなさい……」

折敷に載せた丼飯を、とんと置いた。

第二話　ふてえうどん

一

寒くなってくると温かい汁物が恋しくなる。

お夏の居酒屋では、うどんが食べられる。

米の相場によって、潤沢に仕入れが出来ない時などは特に、お夏と清次が手打ちうどんを拵えるのだ。

人足や車力に駕籠《かご》舁《か》き……。

力仕事に出かける客の多いお夏の店では、そばよりも腹持ちの好いうどんが喜ばれる。

出汁は関東に出回る何でもない濃口《こいくち》醤油を使うのだが、少し甘めに味を付け、油揚げと千住葱《せんじゅねぎ》の青いところを刻み入れたうどんは上方の趣もあり、これを好む客は多い。

下目黒町で半襟《はんえり》を扱う〝中嶋屋〟の後家、お勝《かつ》もその一人である。

〝中嶋屋〟は小僧、女中を入れても数人しか奉公人がいない小店であるが、あれこれ品目を増やさず堅実で信用のおける店との評判が高い。

店を切り盛りするのはお勝の一人息子である忠太郎《ちゅうたろう》で、歳は三十に充《み》たぬが商売に関しては実にしっかりとしている。

それゆえ、お勝は心おきなく亡夫が眠る光雲寺へ墓参りに出かけている。

光雲寺はお夏の居酒屋からほど近く、いつしかその帰りに店へ立ち寄り少し早めの中食をとるのがお勝の決まりとなっていた。

お夏の居酒屋の噂は忠太郎から聞いた。

忠太郎は、口入れ屋・不動の龍五郎の許《もと》で働く政吉と幼い頃から仲が好く、何度か政吉に連れられて店に来ていたのだ。

お勝はその名のごとく勝気な女で、歳もまだ五十前。元気そのものである。

思ったことがすぐに口に出るのもお夏と同じであるから、

「そのお夏って小母さん、おもしろそうな人だねえ……」

と、まずお夏に興味を抱いた。

この界隈の者達は、お夏の毒舌を恐れたり、忌《い》み嫌ったりするが、

「言っていることは、何も間違ってはいないじゃないか」

思ったことをきっちり口にして、人を叱る者がいなければ世の中おかしくなる——。

お勝はお夏の話を聞くうちに、是非店に行ってみたいと思うようになり、ある日墓参りの帰りに寄ってみると、ちょうどお夏が店の内で男に媚《こび》を売るそれ者を捉《つか》まえて、

「あんたのその塗り壁みたいな顔と、鼻詰まりのような甘ったるい声は、酒と飯の仇《かたき》だよ……！」

とばかりにやり込めていたところであった。

——何てこった。わたしが言ってやりたいことを、この人は皆言ってくれているよ。

お勝は、聞きしにまさる小母さんだと、すぐにお夏の贔屓《ひいき》になったというわけだ。

おまけに、ちょうどうどんが食べられる日で、そばよりもうどん好きのお勝にとってはこたえられなかったのだ。

初冬となったこの日も、お勝は墓参りの帰りにお夏の居酒屋に立ち寄り、美味そうにうどんを啜《すす》っていた。

「いやいや、お夏さんのお店で食べるうどんはおいしいねえ。お出汁も飲みやすい濃さだし、うどんも腰があるのにほどよい柔らかさだ。それなのにその辺りのうどん屋で食べるよりお代も安いときている。どれをとってもほどが好い。これは何よりも大事なことですよ……」

手放しの誉めように、

「そんなご大層なもんじゃあありませんよ」

お夏は苦笑いを浮かべて表を見た。

お勝の息子・忠太郎の姿を求めたのだ。

三日に一度は墓参りに出かけるお勝を、忠太郎は毎度のごとくこの店まで迎えにくる。

――倅め、早く迎えにこないか。

このままいくと、

「お夏さん、この前は言ってやったねえ。わたしは心の内がすっきりしましたよ……」

などと言って、近頃お夏が発した悪口雑言、憎まれ口を含んだ毒舌の数々を並べあげて、その論評をしかねないのだ。

お夏は頭にきたこと、苛々することなどがあるとすぐに口にしてしまうが、それもまた客との交誼《こうぎ》を深める方便だと思っている。

そんな戯言に含まれる真理を、いちいち追求されるのは恥ずかしくて仕方がない。

さらに、お勝はお夏に感化されたのか、自らも毒舌を吐くのが楽しいようで、ここから嫁の悪口をあれこれ言い出すのである。

「この店でうどんを食べると、もう嫁のうどんは食べられませんよ……」

お夏の胸騒ぎは的中した。

今日はいきなり嫁の悪口から始まった。

「わたしはうどん好きでしてね。祖父《じい》さんが上方の人だったこともありまして、うどんの打ち方なんかも教わってよく拵えたもんです。ふッ、ふッ、もちろんこの店のうどんみたいに上手には打てませんがね。奉公人達に食べさせてあげて喜ばれたもんですよ……」

お勝はそういうと出汁を飲み干して、

「まあ、うちののろまな嫁に、ここまでのものは望んじゃあおりませんが、わたしが何度教えてやっても、はい、おっ義母《か》さん、わかりました……。なんて言って、まったくわかっちゃあいない。だいたいが、しっかり聞こうという気がないんですよ。どうかしてますねえ、今の若い女は……」

しかめっ面をしてみせた。

——食ったら帰れよ。

その言葉を呑み込んで、

「まあ、そのうちに身につくでしょうよ。できの悪い者にあれこれ言い立てたら、硬くなって余計にできなくなるってもんで……」

お夏はかわすように応えたが、贔屓の引き倒しというもので、お勝はお夏が何を言ってもいちいち感じ入って、

「そうなんですよう。おまけにあれこれ言うとこっちが鬼婆ァのように思われます

からねえ。物を教えてあげて鬼扱いされたら堪りませんよ」

　ますます意気があがってくる。

「どうせ倅の忠太郎は、こんな時は嫁の肩を持って鬼退治のお先棒を担ぐに決まっているんですよ。まったくあの恩知らずは……。まあそれで、わたしがちょっとでも家にいない方が好いと思いましてね。こうして三日に一度くらいはお墓参りに出かけているというわけなんですがねえ。さぞかし嫁は、お前もそのまま墓の中へ入っちまえと思っているんでしょうよ」

　お夏は思わず、

「そうでしょうねえ……」

　と言いかけて口を押さえ、

　——倅、何をやってやがんだ、早く迎えにこないか。

　心の内で念じた。

　面倒な客には憎まれ口を利いて追い返すお夏であるが、自分に同調する年配の女相手に喧嘩を売るわけにもいかない。

　それゆえ余計に面倒なのだ。

「いくらのろまな嫁でも、お勝さんがそうたやすくくたばっちまう、柔な女とは思っちゃあいないでしょうよ」

そんな適当な言葉を返すと、食材を取りにいく振りをして、奥へと入ってしまった。

すると、それからすぐに忠太郎が店に入ってきた。

ふっくらとしたやさしげな顔立ちが曇っているのも毎度のことだ。

「おっ母《か》さん、あんまり大きな声で人の悪口を言っちゃあいけませんよ……」

忠太郎は店に入るやまず母を窘めた。

迎えにくると、必ずといっていいほど店の表にまで、お勝の嫁を罵《ののし》る声が聞こえてくるので、忠太郎もうんざりしているのだ。

「人の悪口だって……？」

お勝はこれを聞いて、ふんとばかりに顔をしかめた。

その表情はどこかお夏のそれに似ていて、板場で清次が失笑した。

「人様の悪口なら言いませんよ。お前の嫁はわたしにとって娘と同じだ。身内だと思うからこそ話を聞いてもらっているんじゃないか」

「それはそうかもしれないが、聞かされる方は堪ったものじゃあないよ」

「ああそうかい。それは悪うございましたねえ。家では何を言ったって、主のお前が聞いてくれないもんだから、ついここで喋っちまいましたよ……」

「それはわたしがいたりませんでしたね。どうぞ許してください」

こうなると何を言ったとて怒らせてしまうのはわかっている。

忠太郎は穏やかに詫びた。

そうすると、お勝も息子がかわいい。

「お前が謝ることはないんだよ……」

人前で息子に頭を下げさせてはいけなかったと分別がついて、

「お前もうどんを拵えてもらったらどうだい……。おいしいよ」

子供に何か食べさせてやろうという母の顔になる。

「ここのうどんがおいしいのはわかっているのですがねえ。あれからお客さんに、稲荷鮨《いなりずし》をいただきまして、それで昼は済ませてきましたよ。おっ母《か》さんにも置いてあるから、帰って食べておくんなさい……」

忠太郎は実にゆったりと穏やかな口調を崩さず、母に頬笑んだ。

その物腰には商人の風格が漂っている。手塩にかけて育てた息子の成長ぶりをまのあたりにすると、お勝の顔も綻んで、

「そうかい。じゃあ帰るとするかい」

と、立ち上がった。

「お世話になりましたね」

忠太郎は、うどんの代を清次に手渡した。

「こいつはどうも……」

清次が受け取ったのを見計らって、奥からお夏が出てきた。

「それじゃあ、女将さん、またきますよ……」

「毎度……」

ほっとした表情のお夏に、

「いつもすみませんねえ……」

忠太郎は声を潜めて言うと、お勝を伴って店を出た。

「こうやって迎えにきてくれるのは嬉しいが、何もお前ばかりがくることはないんだよ。どうせ店にいたって役に立たないんだから、おはんにこさせればいいっても

んだよ。まったくお前は尻に敷かれちまって、困ったもんだね……」

店を出てからもお勝の声が聞こえてきた。

ここでも嫁のおはんの悪口を言っている。

おはんに迎えにこさせればいいとはよく言ったものだ。

忠太郎の女房のおはんも、初めの頃は何度か迎えにきたのだが、

「あんたが迎えにきてくれたってねえ、いざって時はわたしをおぶって歩くこともできないんだから、家のことをしてりゃあいいんだよう」

などと言って喜ばず、文句ばかりを言うのである。結局は忠太郎が行くしかなく、こうして毎度きてくれているというものを――。

「まったく困ったもんだねえ……」

見送りながら、お夏が眉間《みけん》に皺《しわ》を寄せた。

「嫁と姑《しゅうとめ》ってえのは大変ですね」

力強くうどんをこねながら、清次が渋い表情を浮かべた。

「いや、大変なのはあの倅さ。あたしにまで気遣って。好い人で、好い息子で、好い亭主で……。そんな男になれるはずはないのにさ……」

お夏はちょっと怒ったような表情となり、清次が打ったうどんを、包丁で切り始めた。

見事に同じ太さの麺《めん》が、俎板の上に整然と並んだ。

二

お夏の予想が当たっているのは言うまでもない。

下目黒にある〝中嶋屋〟では、若き主の忠太郎が日々、嫁と姑の間に出来た大きな穴の中に陥りもがき苦しんでいた。

そもそも、世の中には嫁と姑の不和で悩んでいる男はごまんといるはずである。

だが忠太郎の家の場合は、何が質《たち》が悪いといっても、これが嫁と姑の戦いになっていないことである。

姑がこう言えば、嫁がこう言う。

姑がこう出れば、嫁がこう出る。

打々発止《ちょうちょうはっし》でいてくれるならば、一家の主としてこれを仲裁することも出来よう。

互いの言い分を聞けば仲裁の糸口も見つかるというものだ。

しかし、この家には戦いがない。

ただ、お勝が嫁のおはんを責めているだけの、所謂《いわゆる》〝嫁いびり〟というものなのだ。

これに対して、おはんは実によく堪えていて、忠太郎に愚痴ひとつこぼさない。

口うるさいのも、嫁を一人前の商家の内儀《ないぎ》に育てようとしてのものだと、素直に解釈しているからだ。

それでも、ひとつ屋根の下に共に暮らしているのであるから、お勝が自分の機嫌だけで、おはんに辛く当たっているところを何度も目にする。

こんな時はいたたまれずに、

「おっ母《か》さん、そいつは少しばかり言い過ぎではないかい……」

などと声をかけたものだ。

だが、下手に口を出すと、

「何だい何だい、よかれと思って言ってあげているのに、息子のお前が言い過ぎだと親に意見をするのかい。さぞ二人でいる時に忠太郎に泣きついているのだろうね

「……」

などと、お勝の怒りはますますおはんの方に向けられるので、

「おっ母《か》さん、ちょっと教えてもらいたいのですがねえ……」

そういう時は、母親に甘えるような物言いをして店先へ呼ぶようになった。

得意先への半襟の勧め方などをわざと問いかけるのだ。

「お前もまだまだだねえ……」

と言いながら、こんな時のお勝は機嫌がよくなる。

そして、おはんと二人になった時に、

「何か言うと、かえって火に油を注ぐから、勘弁しておくれ……」

と、女房を労《いたわ》るのだが、

「お前さんに気を遣わせてしまって、わたしはほんにできの悪い嫁ですねえ……」

今度はおはんが哀しい顔をする。

それはそれで不憫に思うし、この手もあまり使うと、

「おや、助け船がきたよ……」

などとお勝に見透かされてしまうので、近頃では、店へ出て商いに精を出し、女

二人には目を向けぬようにして暮らしているのだ。

それでも、おはんを嫁にもらって一年が経つが、見ぬようにしようが、聞かぬようにしようが、お勝の嫁いびりの様子は忠太郎の目から、耳から入ってくる。

この日も、お夏の居酒屋へ迎えにいって帰ると、

「表の道が埃っぽいねえ……」

さっそく顔をしかめて小僧に言いつけおはんを呼んだ。

この時おはんは、奥で掃除を済ませて、忠太郎の着物の繕いをしていた。

「これはおっ義母《か》さん、お帰りなさいまし……」

いつもは裏の勝手口から家へと入るお勝に表へ呼ばれ、慌てて出てみると、

「お帰りなさいまし……？　もう帰ってきたのかって顔だねえ」

まずひとつくらわされた。

「おっ母《か》さん……」

忠太郎は店の表であるからと宥めようとしたが、

「主が店にいないと恰好がつきませんよ……」

お勝は有無を言わさず忠太郎を店へ追いやると、

「おはん、あんたはわたしが口うるさいことくらいわかっているだろう」

店の表ということは心得ている。お勝は呟くように言った。

「いえ、口うるさいなんて……。今も、いつお帰りかと待っておりました……」

おはんは嫌な顔ひとつせずに、素直な顔を向けた。

お勝はふっと笑って、

「まあ、嘘でもそう言うなら、あんたはわたしが帰ってくる時分なんてわかっているだろう」

「それはもう……」

「わかっているなら、おっ義母《か》さんはそろそろ帰ってくるんじゃあないのか……。なんて時分になれば、自ずと表へ足が向かないかい」

「はい……」

「わたしだったらさ、腹の中ではうるさい姑だと思っても、どうせ自分よりも先に死ぬ人だと己に言い聞かせて、店の表へ出て待っているけどねえ」

「申し訳ありません……」

「謝ることはないんだよ。お墓参りに出かけるのはわたしの道楽のようなものだ。

それをいちいち出迎えろなんて言うつもりはないよ。ただね、うるさい姑の口を塞いでやろうという知恵が働かないってのは、中嶋屋の嫁としては物足りないなあ……。なんて思ってしまうんだよ」

「申し訳ありません……」

「だから、謝るなと言っているだろう……！」

お勝は唸《うな》るようにして怒った。

おはんは神妙に頷いた。

「わたしはね、姑を迎えるついでに表の様子を見るのも嫁の大事な務めだと思うのさ。表へ出てみてどう思う」

「好いお天気でよかったと……」

「それだけじゃあないだろう。風が強いとは思わないのかい」

「はい、それは仰《おつしや》るとおりです」

「このところ雨が降っていないから風が強いとどうなるんだい。砂埃が立ちやすいだろう」

「そうでした……」

「砂埃が立ったら、店先の半襟が汚れてしまうだろう。汚れた半襟を誰が買いますか……」

お勝の言うことはもっともであるが、謝れば怒られる——。

どうすれば好いのかと、口をもぐもぐさせるおはんを見かねて、店先にいた番頭が出てきて、

「これは気が付きませんで、朝から水をまいたのですが、もう道が乾いておりましたか……」

と、お勝に頭を下げたが、

「お前さんは引っ込んでいなさい。わたしは、嫁に物を教えているだけなんですよ。番頭さんを叱るのはわたしの務めではなくて忠太郎の務めですからね」

お勝にこう言われては、すごすごと引っ込むしかなかった。

「今すぐに水をまいておきます」

おはんは、水桶《みずおけ》を取りに走ろうとしたが、

「あんたにまけとは言ってないよ」

お勝がそれを呼び止めた。

「そういうことは奉公人に任せておかないと、嫁のあんたを奉公人達がこき使っているように映るでしょうが」

「はい、では何をすればよろしいので……」

「気がついたら、指図をして奉公人に仕事を拵えてあげるんですよ。あんたがそつなく立ち働いている姿を見たら人はどう思います。ああいう嫁がいる店の半襟なら物は間違いない……、そう思うだろう」

「はい、その通りでした。わたしがいたりませんで……」

「こういう時は謝ればいいんだよ」

「申し訳ございません……」

「ああ、黙ってはいはいと聞いて謝っておけば、そのうちうるさい姑は奥へ入るだろうと思っているんだろうけどねえ、しっかりおしよ！」

「はい……」

お勝は何度も溜息をつくと裏手へ回って、やっと家に入った。

おはんは、

「うん……」

と大きく頷くと、自分を奮い立たせるようにして店へと入り、半襟を並べ始めた。

この間、奉公人達は淡々と自分の仕事をこなしていた。

慰めるような態度をとれば、かえっておはんが惨めになるから、自分のことにかかっていればよいと、忠太郎は日頃から奉公人達にそう伝達しているのだ。

「お前さんが心の底から、わたしを大事に想ってくれているのはわかっていますから、おっ義母《か》さんのことで気を遣わないようにしてください……」

おはんがいつもそう言うゆえに、それに甘えて忠太郎は嫁と姑の間には立ち入らぬようにしているが、

「——とどのつまり、わたしはまだ人をまとめる器量が備わらぬ若造ということなのだ」

彼の苦悩は誰よりも深い。

〝中嶋屋〟は、忠太郎がまだ幼い頃に、一度人手に渡った。

忠太郎の父である先代が借財を抱えたまま急死してしまったのだ。

借財は、店の規模を大きくするための資金であったが、主が死んでしまえば、これを活《い》かす術《すべ》がなかった。

先代は何事においても、独断で商いを進めていく人であったから、跡に残された者は、どう店を切り盛りすればよいかわからなかったのである。

そこへ同業者からの切り崩しが始まり、番頭が店の金に手を付けて出奔《しゅっぽん》した。

忠太郎成長のみぎりまで、店を誰かに預けようかと思案する間もなく、〝中嶋屋〟は潰れてしまった。

そして、この無念を晴らそうと立ち上がったのがお勝であった。

先代の従順な嫁であるのが何よりと、店の方には差し出口をせずに、家の奥向きのことだけに目を向けて生きてきたゆえに、良人の死に際してはなす術もなかった。

元より利かぬ気の町の女であったお勝には、それが悔やまれてならなかった。

とにかく小さいながらも〝中嶋屋〟を再興するまではと、そこからお勝の奮闘が始まった。

後家の踏ん張りは見事に実を結び、十五年をかけて〝中嶋屋〟の暖簾《のれん》を再び下目黒の地に上げたのである。

その間、息子の忠太郎をしっかりと育て、店を再興してからは店の主としての心得を教え込んだ。

そして、忠太郎が嫁を迎えた後、店の実権をすべて譲り渡してその役目を終えたのであるが、奉公人は元より忠太郎も、偉大なお勝には未《いま》だに頭が上がらない。他所では姑のよくある嫁いびりで済まされることも、お勝の言葉には絶対的なものがあり、これを宥めたり窘めたりなど出来ないのである。

ましてや、お勝は息子の自分に強い愛情を注いでくれているのだ。

——身代《しんだい》を今の倍にすれば、その時はおっ母《か》さんに強いことも言えるだろう。

悩んだ末に、忠太郎はいつもこの想いに至るのだが、それまで女房のおはんが堪えられるであろうかと気が気でない。

おはんは芯が強く、姑にいびられたくらいで逃げ出すような女ではないとは思っているが、心の内に屈託を抱えているであろうに、いつも笑顔とやる気を絶やさない女房を見ていると、

——あまりにいじらしくて、わたしの方が、参ってしまう。

母・お勝への恩もさることながら、忠太郎は女房・おはんへの恋情が日々募ってくるのであった。

三

「祐天寺《ゆうてんじ》の紅葉は今が盛りですねえ」

「ええ。昔は行人坂も、瀧泉寺の紅葉もよかったが、このところはどうも減ってしまいました」

そんな会話が目黒界隈で聞こえるようになった頃。

お夏の居酒屋の昼は、うどんの出汁の香ばしい匂いが連日漂っていて、出入りする客の心と体を温めていた。

〝中嶋屋〟のお勝も、もちろんうどんを目当てに店へ来ては、

「うちの嫁が拵えると、やたらと太いうどんが混じっていたりしてどうしようもありませんよ。まったくふてえうどんでしてねえ……」

などと、相変わらず嫁の悪口を言っていたのであるが、この日はひとつも嫁の話は出ずに、

「ここのうどんは、真夏でも食べたいくらいですよ」

しみじみと感じ入り、口数も少なく忠太郎の迎えを待った。

やがて迎えにきた忠太郎は、何やらひどくやつれているように見えたが、

「忠太郎、迎えにきてくれたのかい……」

お勝が息子にかける声は、極めて明るいものであった。

お勝はいつものように忠太郎にうどんを勧め、またいつものように忠太郎が、店で済ませてきたと告げると、

「そうかい。そんならひとつ今宵はわたしがうどんを拵えてみようかねえ。ここのうどんには及ばないが、何度も食べさせてもらううちに少しはこつを覚えたような気がするんだよ。ふふふ、そんな偉そうなことを言うと、女将さんに叱られちまうねえ……」

にこやかに立ち上がった。

お夏と清次は顔を見合わせた。

いつもは、息子が母親を宥めるようにして連れ帰るのが、今日はどうもお勝の方が忠太郎の機嫌をとっているかのような話しぶりであったからだ。

「お代を……」

忠太郎はお勝のうどん作りについては何も応えずに、銭を清次に手渡し、お夏に会釈するとお勝を連れて店を出た。

するとちょうどそこに、不動の龍五郎の若い衆・政吉がやってきて、母子と顔を合わせた。

政吉と忠太郎とは子供の頃からの馴染であるのだが、政吉はちょっと怒ったような顔で忠太郎を見て、

「忠さん、お前……」

何か言おうとした。

それをお勝が見てとって、

「政吉さん、久しぶりだねえ。ふふふ、たまには遊びにきておくれよ……」

明るく声をかけて政吉の言葉を制すると、決まりが悪そうな表情を浮かべる忠太郎を促して歩き出した。

政吉は去っていく母子の後ろ姿を、険しい表情で見送ると、やがて店へと入ってきて、

「清さん、うどんをもらおうかな……」

清次には、一変してやさしい顔を向けた。

――相変わらず気持ちの悪い奴だ。

お夏は苦笑いを浮かべつつ、

「そういやあ、あんたは〝中嶋屋〟さんとは親しかったんだねえ」

と、問いかけた。

「ああ、小母さん、そうなんだよ。忠太郎とは長《なげ》え付き合いでね……」

政吉の父親は、目黒不動門前の見世物小屋に出ていた曲独楽《きょくごま》使いの芸人であった。

母親は水芸の芸人で、政吉もまた幼い頃から芸を仕込まれた。

二親としては、息子を芸人にはしたくなかったようだが、子供の頃から悪戯《いたずら》好きの乱暴者であった政吉には、とりあえず日々飯の種になる芸を、教え込んでおこうと思ったようだ。

だが、政吉にはいかなる芸も身につかず、彼は親の目を盗んでは、門前の盛り場で遊び回った。

忠太郎とはその頃に出合った。

物心ついた時、生家の半襟店は既に人手に渡っていて、懸命に働く母・お勝の手助けをしながらも、忠太郎は友達に恵まれぬ寂しい子供時代を送っていた。昼のうちは母親にほとんど構ってもらえないので、よく一人で目黒不動の門前をうろついて時を過ごしていた。

政吉は、やさしくて頭の好い忠太郎を気に入った。何か悪巧みをする時の知恵を、忠太郎から引っ張り出すことが出来たし、何をやっても身につかぬと親に叱責されてべそをかいている政吉を、

「そいつは政さん、まだお前が得手なものに巡り合っていないだけのことさ……」

などと、少し大人びた言葉で慰めてくれるのが心地よかったからだ。

その代わり、町の悪童達が忠太郎を苛《いじ》めたりすると、政吉は体を張って守ってやった。

年頃になり、忠太郎は〝中嶋屋〟の再興によって商売に精を出し、政吉は二親と死別して町場をうろつくようになってしまった。その時期はすっかり顔を合わさなくなってしまったものの、やがて大人になって二人共に落ち着くと、また時折あれこれ語り合う仲となった。

「それでまあ、あのお勝小母さんのこともよく知っているのさ。おれが町で暴れて

いると、倅みてえに叱ってくれたもんだ……」

政吉は懐かしそうに昔話をしたが、ふと口を噤《つぐ》んで、清次が出したうどんをしばし無言で食べた後、

「だが、どうもいけねえ……」

ぽつりと言って顔をしかめた。

「何か気に入らねえことでもあるのかい」

清次が水を向けた。

「そうなんだよ清さん、大ありなんだよ……」

途端に、政吉の顔は泣きそうになった。

お夏は、早く喋れ馬鹿野郎という表情で、政吉の傍の床几に腰をかけた。

政吉はそれに気圧《けお》されて、

「忠太郎の馬鹿が、おはんちゃんをさとに戻しやがったんだよ……」

神妙に言った。

「さとに戻した……？　離縁したってことかい」

清次がさらに問う。

「いや、離縁したとはいわねえ。父《とっ》つぁんの様子を見てあげるために帰ったというんだが、いつ帰ってくるやもしれねえし、こいつは体好く追い出したのに違《ちげ》えねぇと、もっぱらの噂だ……」

おはんの実家は、目黒不動門前の田楽豆腐屋である。

老父が一人で商う、屋台店に毛のはえた物であるが、味噌の香ばしさと甘みが絶妙だと評判を取り、なかなか繁盛している。

ところがこのところは病がちで店を休むこともあり、これに目を付けたお勝が、

「当分の間家へ帰って、お父《と》っさんの面倒を見ておあげなさい」

ここぞとばかりに帰したのだというのだ。

「そうかい……。それで今日は、いつもと様子が違ったんだな……」

清次が溜息交じりに言った。

お夏は黙って一服つけている。

「まったく忠太郎の奴、何でも親の言いなりになりやがって、見損なったぜ」

「田楽豆腐屋の父《とっ》つぁんの具合はどうなんだい」

「そりゃあ確かに五十を過ぎて、前よりは体も弱くなったかもしれねえが、店を休

むのは独り者になった気儘からのことなんだ」

女房に先立たれ娘も嫁にやった今、せわしく働くのもごめんだ——。とはいえ、己が気分で店を閉めたり開けたりするのも、世間に対して決まりが悪いゆえに、

「おれも、寄る年波には勝てねえなあ……」

などと言っているだけなのだと政吉は言う。

「そこを衝いてくるとは、お勝さんも大したもんだ……」

お夏は話を聞いてふっと笑った。

「小母さん、笑いごとじゃあねえよ」

政吉は口を尖らせた。

「いいじゃあないか、帰る家があるんだから。そこにいりゃあ口うるさい姑からいびられることもないってもんだ」

「よかあねえよ。忠太郎の奴は、勧められておはんちゃんと一緒になったんだが、今じゃあぞっこん惚れていたってえのに……」

「まあ確かに、おはんという嫁には何度か会ったが、悪い女じゃあなかったような気がするけどねえ」

「そうだろ。おれも前から知っているが、話を聞いた時は、忠太郎の奴、うめえことやりやがったと思ったもんだ」

「忠太郎さんに勧めたのは誰なんだい」

「それが笑っちまうぜ。ほかでもねえ、お勝の小母さんなんだよ」

政吉が吐き捨てるように言った。

「こりゃあいいや……」

お夏は、日頃似合わぬ笑顔を浮かべて体を揺すった。

「これはなかなか味な話を聞かせてもらったよ。自分が気に入った娘を倅に勧めたら、母子《おやこ》だから好みが同じで倅も気に入って惚れちまった。すると何やら嫁になった娘が疎ましくなっていびり出した……。はッ、はッ、店を建て直したしっかり者も、母親となればいい加減なもんだねえ……」

いつしか政吉とお夏の話に耳を傾けていた客達も、お夏の言葉につられて笑い出した。

「笑いごとじゃあねえんだよう！」

政吉はどすの利いた声で客達に凄んでみせると、今は板場に戻って後から来た客

にうどんを拵えている清次に、

「清さん、何とか小母さんに言っておくれよ……」

縋るような声で言ったものだ。

「まったくだぜ、今度のことはここのくそ婆ァが悪いんだよ」

そこに、野太い声が居酒屋に響いた。

いつの間にか不動の龍五郎が店へやってきていたのだ。

「何だって、あたしがいったい何をしたってんだよう」

笑いが一転、お夏はいつものくそ婆ァの目で龍五郎を睨みつけた。

「ふん、手前《てめえ》の悪業に気付かねえとは、ほんにお前は罪深い婆ァだ」

「罪深い〝女〟と言え……」

「どうだっていいだろう。いいかよく聞きやがれ。〝中嶋屋〟のお勝さんはお前の真似《まね》をしているんだよ」

「あたしの真似？」

「お前がこの店でやっている客いびりを見て、こういうことをしたって生きていけるんだと思っちまったんだよ」

「妙なことを言うんじゃあないよ」

「いや、お勝さんの嫁いびりがひどくなったのは、お勝さんがこの店に通うようになってからだ。そうだろ政」

「そう言われてみりゃあ、そのような……」

「いい加減なことを言うんじゃあないよ！」

「お前なんぞに憧れるとは、お勝さんもどうかしているが。婆ァ、手前《てめえ》は人様の不幸を笑ってねえで、己の罪を償うために少しは徳を積みやがれ」

龍五郎は勝ち誇ったように言うと、清次にうどんを注文して入れ込みの床几に腰を下ろした。

お夏は政吉の話をおもしろがっていただけに、龍五郎に水を差されて頭にきたが、気性が激しく商人としてもやり手であるお勝が、自分に一目置いていたのは確かなことで、

「ふん、あたしは神でも仏でもないんだよ。嫁と姑と気弱な倅の騒動に関わってられるかってんだよ」

それだけ言い返すと、この上もなく不機嫌な表情を浮かべ板場に戻り、こねたう

どん粉の塊を、どんと俎板の上に叩きつけた。

四

翌日の朝は冷たい風が吹き荒《すさ》び、目黒不動の参道も、心なしか人の往来が少なかった。

それだけに、首筋に襟巻、縞の着物に半纏《はんてん》を引っかけ、腕組みをして歩くお夏の姿はよく目立った。

――どいつもこいつも余計なことをぬかしやがるよ。

昨日は不動の龍五郎に、お勝があからさまな嫁いびりに目覚めたのは、お夏の毒舌ぶりを見て真似をしたくなったのだと言われた。

真似をされた上に文句を言われたら堪ったものではない――。

勝手にしやがれと思ったものの、その後また、仏具屋〝真光堂〟の後家・お春がうどんを食べにやってきて、

「〝中嶋屋〟さんのおはんさんがさとに戻されたと聞いたけど、何か聞いていますす

か」

と、どこで聞きつけたか、小娘が噂話にとびつくように問うてきた。

他の客なら、

「そんな話は他所でしな」

と、怒鳴りつけるところだが、このお春には何を言ってもかえって珍しいものを見るように寄ってこられることはわかっている。

一通り、清次に応対してもらうと、

「あら、それはいけないわね……」

お春は眉《まゆ》をひそめた。

お春もまた、一人息子の徳之助《とくのすけ》が嫁をもらい店を継いでいて、お勝と同じ身の上なのだが、

「どうせ息子なんてものは手間がかかるんだから、嫁に任せて自分のことだけして楽しんでいればいいと思いますがねえ……」

お春なりののんびりとした物言いによる姑の心得を聞いていると、なる程と頷けるところもあった。

その上に、

「お勝さんはずるいわね。自分はお姑さんに随分とかわいがられていたというのに……」

昔話を持ち出して、ちょっとお勝を詰《なじ》ってみたりした。

古くからこの界隈に暮らすお春は、潰れる前の〝中嶋屋〟のことを知っていた。

お勝の良人の母親はおはまといって、倅の嫁となったお勝のことを、それは大事にしていたというのだ。

「わたしは羨《うらや》ましいと思いましたよ。うちのお姑さんは、なかなか厳しい人でしたからね……」

この話を聞いた時はさすがに、

「お春さん、お前さんがそんな厳しい姑と暮らしていたとは知らなかったよ……」

と、お夏はおもしろがったものだ。

ずっとお嬢様育ちのまま、のほほんと生きてきたと思っていたお春が、姑に気遣って日々を送った昔があったとは思いも寄らなかったからだ。

そう思うと、商家に嫁いだもののすぐに店が潰れて辛酸をなめたお勝は、苦労の数だけたくましくなったが、その詣に心を頑《かたくな》にしてしまったといえる。

〝中嶋屋〟と忠太郎は、自分にとってかけがえのないもので、それが二つとも嫁のおはんの物になると思うと、おもしろくないのであろう。

だが、哀れなのはおはんである。

おはんは何度かお勝を迎えに居酒屋へ来たことがあった。

「お世話さまです……！」

いつもにこやかに店に入ってくるおはんは、

「〝中嶋屋〟さんは好いお嫁さんをもらったもんだね……」

と、誰もがお勝に声をかけたくなる女房ぶりであった。

時折、町で出会うと、

「あら小母さん、いつもおっ義母《か》さんがお世話になっています！」

お勝以上に気難しいお夏にも臆せず言葉をかけてくるし、お夏が大きな荷を抱えていると、別れるところまで持つのを手伝ってくれようとする。

それは、お勝に疎まれ店に迎えにこなくなってからも同じで、昨日政吉には、

「まあ確かに、おはんという嫁には何度か会ったが、悪い女じゃあなかったような

気がするけどねえ」

などと言ったが、お夏は心の底ではおはんのことをなかなかに気に入っていたのである。

人の家の嫁がどうなろうと知ったことではないが、龍五郎やお春と話すうちに、どうも気にかかった。

ましてや、お勝が自分を真似て嫁に悪口雑言を浴びせるようになったと言われれば尚さらである。

口うるさいが、心に引っかかりが出来ると、堪らなく気持ち悪くなるお夏であった。

今日は目が覚めると、勝手に足が目黒不動門前へと向いていた。田楽豆腐屋へ戻った今、おはんがどんな暮らしを送っているのか確かめたくなったのである。

山門へと続く参道の、茶屋と土産物屋が並ぶ一隅にそれはあった。

間口二間ばかりの小さな家の土間に炉が設《しつら》えてあり、その前に置いた小さな腰掛けに座って、おはんは一人で田楽豆腐の串を火にかけていた。

「おや、もう店を任されたのかい……」

お夏が声をかけると、

「あら、見つかってしまいましたねえ」

おはんは悪戯っぽい目を向けて笑った。

「とっくに知っているよ」

「そうでしょうね」

「お父つぁんはどうしているんだい」

「具合が悪いと言って、奥で寝ているんですよ」

「自棄酒でも飲んだのかい」

「ふッ、ふッ、わかりますか……」

「そりゃあわかるさ」

店の奥から酔っ払いの唸り声が聞こえていた。

娘が体よくさとに戻されたことが、癪《しゃく》にさわったのであろう。

とはいえ、体の具合が思わしくないと他人に言って、店を気儘に休んでいたゆえに、父親の様子を見てきてやれと嫁ぎ先から帰されたのである。

きっかけを与えたのは自分自身であるから怒りのぶつけようがなく、おはんの老父は酒でうさを晴らしているようだ。

「お父つぁんは何と言っているんだい」

お夏は、土間の隅に置かれた床几に腰をかけ、おはんに頬笑んだ。

「手前《てめえ》が望んで嫁にもらっておいて、気に入らねえから帰《けえ》すたあ何て鬼婆ァだ……。なんて怒ってしまいましてね。宥めるのに苦労していますよ」

おはんは苦笑して、串を炉から取って小皿に載せると、

「はい、気を遣ってもらったお礼です……」

田楽豆腐をお夏に勧めた。

「代は払うよ。気を遣ってなんかいない、おもしろがって様子を見に立ち寄ったってところなんだから」

お夏は床几の上に銭を置くと、

「まあ、あんたのお父つぁんの言う通りだよ。お勝さんがあたしを見倣《みなら》ってお前さんに辛く当たったたんだ、なんてことを言う馬鹿がいて、あたしもちょいと頭にきているんだよ」

ぶつぶつ言いながら田楽豆腐を口にした。

「ふッ、これはおいしいよ」

お夏はニヤリと笑った。

「小母さんにそう言ってもらうと嬉しいわ」

「なかなかやるじゃあないか」

「できの悪い嫁だけど、田楽豆腐の腕はまだ鈍っちゃあおりませんよ」

おはんはちょっと澄まし顔を作って、すっとお夏の傍に茶を置いた。

茶を出す間合も、その味もほどが好い。

「お前さんは決して、できの悪い嫁じゃあなかったはずだけどねえ……」

お夏は田楽豆腐の甘辛く香ばしい味わいにほっと一息ついて、しみじみと言った。

「いえ、わたしがいたらなかったのですよ」

おはんはにこやかに頷いた。

「何がいたらなかったと思うんだい」

「まずおっ義母《か》さんが好きなうどんが上手に拵えられませんでした。いつもうどんの太さがばらばらで……」

「ふてえうどん……、てやつかい」

「はい。ふふふ……」

「忠太郎さんは何て言っていたんだい」

「こういううどんも味わいがあって好い。出汁は、おっ母《か》さんが拵えたものよりずっとうまい……、などと言ってくれました」

「そんなら、ふてえうどんなんかじゃないよ。お勝さんが気に入らなかっただけじゃあないか」

「それがいたらなかったということです」

「姑より、おいしい出汁を拵えたからいたらないのかい」

「いえ、おっ義母《か》さんに寂しい想いをさせたことがいたらなかったのです」

「寂しい想いねえ……」

「わたしは、忠太郎さんの嫁にと望まれた時は、嬉しくて、嬉しくて……」

まだ子供の頃。

おはんは、連れだって遊ぶ忠太郎と政吉の姿をよく見かけた。

喧嘩っ早い政吉を、

「まァさん、もうおよしよ……」

と宥める忠太郎の、温和でやさしげな様子におはんはいつしか心惹《ひ》かれるようになっていた。

それゆえに、家の田楽豆腐をよく買い求めに来ていた商家の女房風が忠太郎の母親で、自分のことを気に入ってくれているとわかった時は、大喜びをしたものだ。

忠太郎への恋心が、しっかりとした佇《たたず》まいのお勝への憧憬へと繋がり、おはんはお勝の姿を見ると嬉々としてもてなした。

その想いがお勝に伝わらぬはずはなかった。

この界隈では、誰よりも若い娘に厳しいと言われているお夏さえも認めているのだ。お勝がおはんをますます気に入って息子の嫁に望んだのは自然の成り行きであった。

しかし、おはんがお勝を慕ったのは、彼女が忠太郎の母親であるからで、おはんの心の内はお勝と言葉を交わせば交わすほどに忠太郎への想いでいっぱいになった。

そして、嫁入りしてみると、忠太郎もまた以前からおはんの姿を見かけて、気になっていたことがわかった。

人の勧めで一緒になり、夫婦となってから互いに惚れ合う男女は江戸にごまんといたはずだ。

忠太郎とおはんもその口で、一緒になってからは誰もが羨むほどの仲睦まじい夫婦となったのである。

「おっ義母《か》さんはそれが気に入らなかったのでしょう」

おはんは田楽豆腐に味噌を塗りながらぽつりと言った。

「なるほどね……」

お夏には合点がいった。

お勝にしてみれば、自分が息子の嫁にと見込んで連れてきたつもりが、息子夫婦ははっきり口にはしないものの、どうやら自分のうかがい知らぬところで想い合っていたようである。

密かに想いを寄せつつ口に出せないでいる男女が、偶然に縁があって結ばれることもあるだろうが、お勝にしてみれば、田楽豆腐屋でのおはんの自分へのもてなしは、忠太郎の嫁になりたいがための方便ではなかったのかと僻《ひが》んだ想いも湧いてくる。

何かとよく気のつくおはんを嫁にもらったのである。商人としての成長著しい忠太郎に〝中嶋屋〟を任せればいい、これからは穏やかな老後を過ごそうと思ったもののどうも気分がすっきりしない。

忠太郎はおはんをかわいがり、家のことをそつなくこなす女房として頼った。店の奉公人達もおはんを〝おかみさん〟として一様に受け入れ慕った。それはすべて自分が考えた通りの結果であった。

思う通りになったのだが寂しくなってきた。

お勝は頭の好い女である。世間の姑のように、自分の居所と、かわいい息子を取りあげられたような気がして、嫁いびりをするなど馬鹿げていると思っていたはずだ。

だが、一点の心の曇りは、何事にも負けずに生きてきたお勝にとって、片を付けずには済まされぬ心の染みとして広がってきたのであろう。

「その寂しい想いを吹きとばそうとして、お勝さんは、あたしの真似をしたのかもしれないねえ……」

お夏はしかめっ面でおはんを見た。

「寂しい思いを吹きとばそうとして……？」

おはんは小首を傾《かし》げた。

「口に出せずに心の内にしまい込んでいるものを吐き出しちまえば楽になるからねえ」

元々が勝気でしっかり者のお勝である。厳しい姑に変貌したとて不思議でもない。自分のように、思ったことをすぐ口にする〝婆ァ〟になれば、この先ちょっとは気が紛れるという考えに至ったのではないか――。

お夏はそう思ったのである。

「ふッ、ふッ、小母さんのせいではありませんよ」

おはんは一笑に付した。

「あたり前だよ。あたしのせいにされちゃあ堪らないよ。真似をしたのは確かだってことさ」

「それは、そうかもしれませんね」

怒ったようなお夏の物言いに対して、おはんはどこまでも朗らかだ。

「あたしのせいでもない――、お前さんのせいでもないさ」

お夏は力強く言った。

「いや、でも、おっ義母《かか》さんをそこまで怒らせたのはやはり……」

「お前さんのせいじゃあないよ！」

「はい……」

「女ってえのはね、老い先が短くなってくると、色んなことに腹が立つんだよ！」

お夏はおはんを一喝すると、

「もう一串もらおうかね……」

また床几の上に銭を並べた。

五

「お前さんが早く死んでしまうからいけないんですよ……」

お勝は亡夫の墓に語りかけた。

相変わらず三日に一度の墓参りをお勝は続けている。

息子・忠太郎に家業を継がせる段取りも、嫁取りについても、何もかも自分がやらねばならなかった。お勝は今亡夫にその怨《うら》み言を並べている。

「わたしは、何もかもお前さんのすることについていこうと思っていたのに、わたしに何もかもさせるとはひどいじゃあないか……」

お勝は芝神明《しばしんめい》の掛茶屋の娘であった。

お勝の亡夫の仕事の取引き先が芝神明にあったことから見初《みそ》められて〝中嶋屋〟へ嫁いだ。

その時はまだ亡夫も跡取り息子で、忠太郎の祖父にあたる先々代も当主として達者にしていて、

「お勝、お前はのんびりとして、好い孫を産んでくれたらよいのです」

と、言ってくれたものだ。

それが、舅《しゅうと》、姑、良人と次々と死んでしまい、その時には自分の二親もこの世になく、〝中嶋屋〟が人手に渡って後は帰る所となく、そこから苦労を重ねることになった。

「そりゃあ、きつい女にもなりますよ……」

お勝は続けて墓に嫁を実家に帰したことの報告をした。

「世間ではわたしを鬼のように言う者もありますが、今のままでは忠太郎が女房かわいさの余り何事にも腰が引けてしまって〝中嶋屋〟のためにならないのですよ。わたしは店と忠太郎のためならどんなことだってしてのける覚悟でおりますから……」

お勝は決然として言うと、やがて墓前を下がって、墓所の隅に三つばかし並んでいる切り株のひとつに腰をかけ、木々の間から射し込む暖かな陽光を体に浴びた。

すると、お勝の隣りの切り株に、

「こちらにかけてもよろしゅうございますか……」

と、一人の女がやってきた。

歳の頃は三十過ぎであろうか、小紋の着物に黒羽織を着た商家の女房風で、物腰が柔らかく、それでいて穏やかな中にも凜《りん》とした佇まいを見せていた。

そして女は天女のごとく、はっとするほど艶やかで美しかった。

「あ、ああ、どうぞ、どうぞ……」

お勝は何とはなしに、女の持つ品性豊かな美しさに気圧されて、少しあたふたとして応えた。

「あいすみません……」

女はにこやかに礼を言うと、お勝の隣りに腰かけた。

「ちょっとくたびれてしまいまして……」

その切り株はお勝からは逆光で、女の顔はぼやけて見えたが、お勝は見かけぬ人だと思って、

「どちらからいらしたのですか……」

商家の内儀の風格を取り繕って訊ねてみた。

「向嶋《むこうじま》でございます」

「それはまた遠いところからおこしなのですねえ……」

「はい。それゆえ、ここまで参りますのがひと苦労でございまして……」

女はにこやかに応えた。

華やかな顔立ちにはどこか愁《うれ》いが隠されている。世の中を渡り、酸《す》いも甘いも嚙《か》み分けてきたお勝にはそれがわかる。

おはんを実家に帰したことで、息子の忠太郎はこのところ気が抜けたようになっていて、

——そんな性根だから、嫁のいいようにされてしまうんだよ。

と、くさくさしていた折であっただけに、お勝は休息の徒然《つれづれ》にこの女と話してみたくなった。そう思った矢先に、

「こちらにはよくおいでのようで……」

今度は女の方から問いかけてきた。

「三日に一度はきていますが、どうしてそれを……」

「わたしは時折しか参れませんが、くる度にお見かけするような気がいたします」

「ふッ、ふッ、左様でございましたか」

「どなた様をお参りに？」

「亡くなった主人でして」

「ご主人様……」

女は、それならばさぞかし早くに亡くなってしまったのであろうと察したか、神妙な面持ちとなった。

お勝は女との会話が心地よくなってきて、

「そちらはどなたのお墓をお参りになっているのですか」

さらに訊ねてみた。

「随分前にひとかたならぬお世話になったお方でございます」

女はしみじみと昔を懐かしみながら応えた。

「ひとかたならぬお世話……。何やら気になりますね」

「ふふふ、お話しするほどのものでもありませんが……。わたしは昔、嫁ぎ先からさとへ戻されたことがございましてね」

「あなたが……」

「はい、お恥ずかしい話でございます……。その時にあれこれと間に立ってくださったお人なのでございます」

「そうなのですか……」

お勝は首を傾げた。

女の美しさや立居振舞を見るに、嫌な色気や賢《さか》しらさもなく、さとへ戻された昔があったなどとはまるで思えなかったのだ。

ましてや、恩に想う人の墓を向嶋くんだりから時折参りに来ているとは、殊勝な心がけではないか。

人というものはおもしろいもので、自分自身が嫁をさとへ戻したお勝であるのに、女の過去を、

「大変な苦労があったのですねえ……」

と、労る気持ちが湧いていた。

自分は間違ったことはしていないとの思い込みが、どんな時にでも人として胸を張らせるのであろう。

「お見受けしたところ、とてもさとに戻されるようなお人には見えませんが、何かあったのですかねえ……」

お勝はまるで他人事《ひとごと》のように訊ねた。

「何かと申しまして……。今思いますと、ただただわたしがいたらなかっただけのことでして……」

「何をやらかしたのですか」

「つまらぬことでございます……」

「十年たったら笑い話ですまされましょう。お話しくださいまし」

女は屈託がなく、話し声も朗らかで楽しそうなので、お勝はさらに問いかけた。

「詳しいことはご容赦願います。嫁いだ先は小商いをしておりまして、家のことなどはみなわたしが店の奥でこなしておりました……」

女は穏やかな口調で話し始めた。

「商人の家に嫁いだなら、主人に店を任せて女房は家のことを仕切るのが当たり前だと思いますよ」

「はい」

「わたしもそうでしたから……」

「それは嬉しゅうございます。とはいえ、家のことをこなすうちに外の方に目が行かなくなりまして、お姑が外出《そとで》からお戻りの折に、お出迎えするのを怠ったりしてしまいまして……」

「それは仕方がないではありませんか、あれこれ家のことをしていますと、外の様子にまで気が回らないものです」

「お内儀様が嫁がれた時、お姑様は何と……」

「外出をするといっても、どうせ隠居の暇潰しに出かけるようなもの。家のことを代わってしてくれているだけでもありがたいというのに、わざわざ出迎えたりしないでもいいですよ……。そのように言ってくれましたよ」

「それはおやさしいお姑様でございますね」

「ええ、やさしいお人でした。で、あなたのお姑さんは出迎えなかったら何と」

「わたしを大事に想ってくれているのなら、そろそろ帰ってくる頃となったら、自ずと足が外に向かわないかと叱られました」

「何を言っているんでしょうねえ。大店で何人も女中がいれば話は別だが、小商いとなれば家のことをこなすのは大変だというのに……。ふッ、そもそもお姑が帰ってくるのが待ち遠しいはずがありませんよ」

「叱られてどうすれば好いのか悩んだものでございます」

「当たり前ですよ。それはただ、嫁をいびりたかっただけのことです」

「でも、今思えば、時に表へ出て、店の様子を眺めることも大事にしなさいと、教えてくださっていたのかもしれません」

女は俯きながら言った。

「そんな大層なものではありませんよ。ただの言いがかりというもので……」

お勝はふっと笑ったが、その刹那、いつも穏やかにやさしく、嫁の自分を見ていてくれた姑・おはまの面影が浮かんだ。

――そうだ、自分は本当に姑にはかわいがってもらった。

自分とて小さな掛茶屋の娘で、追い出した嫁のおはんと同じような境遇から〝中嶋屋〟の嫁となったのだ。

半襟屋のことなど何もわからず、小店とはいえ商家の仕組みも難しかった。

家のことを教えてくれた上に、

「店のことも覚えておいた方が何かと役に立つからね……」

おはまは商売のいろはもその傍らで仕込んでくれた。

それがあったから、〝中嶋屋〟を建て直すことも出来たのだ。

今、目の前の女は、姑が自分を迎えに出てこいと言って叱った裏には、時に表へ出て店の様子を眺めることを大事にしなさいという教えが含まれていたのではないかと、素直に思っているようだ。

自分も同じようなことをおはんに言ったが、それはただの難癖ではなかったか――。

そんな想いがお勝の胸の内をよぎり、

「あなたは悪くはなかったと思いますよ……」

応える声も小さくなった。

「そう言っていただけると嬉しゅうございますが、その上に、家のこともろくにできておりませんでして……」

女は続けた。

「嫁いだ先では何か祝い事があるとお餅を搗《つ》いたものですが、わたしはどうもそれを同じ大きさに丸められなくて……。いつも苛々させてしまいました。ふふふ、どうしてこう不器用なのでしょうねえ……」

「お餅の大きさが違ったって、そんなものどうってことは……」

お勝はこれを一笑に付したが、太さのばらばらなうどんを〝ふてえうどん〟と取りあげて、

「……わかりました……。なんて言って、まったくわかっちゃあいない。だいたいが、しっかり聞こうという気がないんですよ」

などと憎々しげに人に話したことがあったが、餅とうどんが違うだけではないかと、またも声が小さくなった。

「それで、何をやっても気が利かない嫁は、さとに帰してしまおうとなったのでございます……」

「なるほどねえ……」

ここでついにお勝は嫁の立場からではなく、——気が利かない嫁はさとへ帰す。商家にとっては至極当たり前のことではないか。

女の姑の側に立ってものを考えたくなった。

「あの頃のわたしはいたりませんでしたから」

そんなお勝に女はつくづくと言った。

その姿を見ると、嫁の肩を持ってやりたくもなる。

「それで、こちらのお墓に眠っているお方が、間に入ってくれたと……」

そしてそれがいかなるものであったか知りたくなった。

「そのお人は、お姑とは親しいお方でございましてね。後で主人から聞いたところでは……」

その人は、女の姑に、

「あんたは大事な息子を嫁に取られたと思って、おもしろくないから嫁に辛くあたるんだろうけど、あんたはどうだったんだい。お姑からは己が娘のようにかわいがってもらっていたじゃあないか。世の中は順送りだ。このままじゃあ勘定が合わない。勘定が合わぬことを商人がするんじゃあないよ」

まずこう言った上で、

「あんたの倅は嫁に惚れていたのに、親の恩を想って、あんたの顔を立てて女房をさとに戻したんだ。そんなら今度はあんたの番だ。親の恩を忘れぬ倅の顔を立てて嫁を戻しておやりな。決まりが悪いなら、嫁に息抜きをさせてやろうと思って、ちょっとの間、さとに戻してやったのさ……。こう言えば好いんだよ」

そんな風に説いてくれたと言う。

「なるほど……。おもしろいお人ですねえ……。勘定が合わないことを商人はしてはいけない……」

お勝は思い入れたっぷりに頷いた。

「お蔭《かげ》様で、わたしは嫁ぎ先に戻ることができました」

「それはよろしゅうございましたねえ。お姑さんは今でもお達者で……」

「はい。相変わらず大きさの違うお餅を見て、怒っておいでですが……。ふふふ……」

「ほほほ……」

お勝はつられて笑っていた。

「ああ、わたしとしたことが、くだらぬ話を長々と……。お休みのところをお邪魔いたしました……」

墓参りに来ていた女は、恥ずかしそうに立ち上がった。陽光を背に受けた女は輝きに充ちて眩《まばゆ》く、朝が来て目を覚ますとはっきり顔を覚えていない、夢の中で見た女のごとき心地がした。

頭を下げて歩き出す天女のような女房は、これから口うるさい姑の許へと戻るのであろうか。

そうであるとすると、その後ろ姿はあまりにも舞うように楽しげである。

「はて、初めて会ったような気がしないが……。前にもここで会っていたのかねえ……」

お勝は独り言《ひとご》ちると、しばしその場に腰を下ろしたまま、じっと考え込んでいた。

六

その夜のこと。

五つ（午後八時頃）を過ぎた頃に、〝中嶋屋〟の忠太郎が、口入れ屋の若い衆・政吉と連れ立って、お夏の居酒屋へとやってきた。

店に来た時、二人は既に酔っ払っていた。

政吉と二人で飲むことも、遅い時分まで盛り場に出ることも、まったく久し振りの忠太郎であったが、一旦飲み出すとなかなかいける口のようである。

「小母さん、清さん、いつもはおっ母《か》さんを迎えにくるばかりですがね。今日はけちな客じゃあございませんから、どんどんとお酒を頼みますよ……」

小上がりに転げるように座り込むと大きな声で言った。

「忠さん、お前、ほどほどにしとかねえと、小母さんに叱られるぜ」

政吉は太い息を吐いてそれを宥めたが、

「うるせえ政！　手前《てめえ》が飲もうと誘ったんじゃあねえか。おれは飲むよ。今宵はとことん飲むからな……」

忠太郎の意気は大いに上がっていた。

「おれは〝中嶋屋〟の主なんだぞ。婆ァが怖くて店を仕切っていけるか！」

お夏は清次と笑い合って、

「こいつは〝中嶋屋〟の旦那、今日はやけに威勢がよろしいようで……」

酒と肴《さかな》を出してやった。

肴は、豆腐に味噌を塗って網に載せて炙ったものだ。

串には刺していないが、田楽豆腐の味わいがある。

「こいつはうまい……。ほんとうにうまい……」

忠太郎は、これを口にするや何度も同じ言葉を発しつつ、勢いよく酒を胃の腑に流し込んだ。

政吉は、子供の頃から知っている忠太郎が、これほどまでに酔う姿は見たことがなく、

「おい、忠さん、まだ話はすんじゃあいねえんだぜ……」

ちょっと呆れたように言ったが、

「わかってらあ、話をする前に、まず勢いをつけてだなあ……」

と、また酒を呷《あお》って、五杯目を飲んだ後に倒れるようにその場で眠ってしまった。

「おいおい、何が勢いをつけてだよう……。勢い余って倒れちまったじゃあねえか……」

政吉はしかめっ面で、

「小母さんが悪いよ。うめえ物を出してくれるのはありがてえが、こいつはまるで箸で食う田楽豆腐だ。忠太郎の奴、これでまたおはんのことを思い出しちまったんだよ」

お夏に当たった。

「思い出しゃあいいさ。親に言われるがまま、さとに戻した恋女房のことをさ」

お夏はふんと笑って、いつものように床几の端に腰かけて煙管を使った。

「小母さんは相変わらずだな……」

酔いに喘《あえ》ぐ政吉に、清次は水の入った茶碗を渡してやって、

「それで、忠太郎さんは何と……」

静かに問うた。

今日、政吉が忠太郎を誘って飲んだのは、清次が政吉に勧めたのだ。お勝に女房のおはんを実家に戻せと言われて、はいわかりましたとそれに従うとは何と情けない――。

忠太郎に対して怒っていた政吉を見て、

「政さんは幼馴染なんだろ、忠太郎さんの想いを聞いてあげたらどうだい」

と、声をかけたのである。

政吉は、親方の龍五郎の言うこと以上に、清次の言葉に耳を傾ける。

忠太郎がおはんに元から惚れていたことも知っている。

先日、この居酒屋ですれ違った時、友達の政吉に面目なく、決まり悪そうに去っていった忠太郎の哀しげな顔を思い出すと、

「このままにはしておけねえな……」

政吉とてそう思っていた。

そこで早速、〝中嶋屋〟を訪ねて忠太郎を捉まえると、

「たまには昔馴染と一杯やっておいでよ」

政吉の姿に気付いたお勝が店の奥から出てきて、忠太郎に勧めてくれたのだ。

込み入った話をするのである。政吉は、親方の龍五郎がこんな時に使う大鳥大明神脇の鰻屋《うなぎや》へ誘った。

店は〝ぼうや〟といって、鰻が棒状であることから付けたという。玉子焼なども棒にして出すのがおもしろい。

ここの主人が不動の龍五郎とは昔馴染で、二階の奥にある小座敷を開けてくれた。

「まったくお前は、おれと飲みに出るのも小母さん次第か……」

政吉はいきなり忠太郎を詰った。

「馬鹿を言うな。おっ母《か》さんはおれに気遣っているんだよ。それで政さんの声が聞こえたから、出てきたんだ……」

忠太郎は、とにかくまず酒に酔いたかったのか、運ばれてきた酒をたて続けに呷ると、

「おれはおっ母《か》さんが何と言おうが、今日はお前の誘いを断ったりはしなかったよ。おれは、嬉しかった……」

柔和な表情を一転させ、政吉に熱く語り出した。

まだ三十にもならぬ忠太郎ではあるが、店の主ともなれば人に弱味は見せられな

い。

姑が気に入らぬゆえに女房を実家に帰したとはいえ、それも最後は自分が決断を下したのだという気構えを見せていなければならなかった。

世間の評価は二つに分かれる。

年配の商店主達は、嫁に心を奪われず、〝中嶋屋〟再興を果したお勝の意を重んじた忠太郎を好意的に見たし、職人や手間取りといった裏長屋の住人達は、いつまでも親の意のままになる情けない男と見ていた。

そういう人の噂の渦中に自分がいることを、忠太郎はわかっている。

表向きは、実家の父親の具合が芳しくないので世話に戻ったことになっているが、その父親が体調を理由にして気儘に店を休んでいるのは既に広く知られている。

事実の裏を覗き見たいのが人情であるから、おはんを田楽豆腐屋に帰した時点で、おもしろおかしく言われるのは目に見えていた。

「こんな時はどっしりと構えていなければいけませんよ。下手に言い訳がましい様子を見せると、男は侮られるものだからね」

お勝は、自分がそういう噂をわざわざ立てておいて、忠太郎にしゃあしゃあとそんな忠告を与えたのであるが、顔ではどっしり構えていても、忠太郎の心は揺れていたのである。

「政さん、おれはね、お前に意気地がないとか、情がないとか思われるのが何よりも辛かったんだよ……」

忠太郎は政吉だからこそ話せるのだと、心の内に抱え込んだ屈託をここぞとばかりに吐き出した。

「忠さんを見損なった……。そう思ったこともあったが、忠さんにも色々あったんだよな……」

一本気ではあるが、心やさしき政吉は、清次の勧め通り、忠太郎と二人で酒を酌み交わしてよかったと思い入れをした。

芸人の子であることに引けめを覚えて、二親から逃げるようにして町で遊んでいた政吉――。

商家の子として生まれながら、物心ついた時には店もなく、一日中働き続ける母親の傍にはいられずに、寂しさを紛らすように町をうろついていた忠太郎――。

子供の頃は、そういう二人であったゆえに毎日のようにつるんでいたものだが、町場の若い衆で未だに気楽な独り者である政吉と違って、色んな義理としがらみに生きねばならない忠太郎を思うと、酔うにつれて政吉の胸も切なくなってきた。

「政さん、おれはねえ、おはんにぞっこん惚れていたよ。まだ子供の頃、政さんと二人でよく田楽豆腐を買って食ったよなあ。銭がない時は一串を二人で分けて……。そしたら時折、おはんが跡を追いかけてきて、そっと一串くれたっけ……」

「ああ、そんなこともあったなあ……」

「あの頃から、おれはおはんが気になっていたんだよ。追いかけてくる足が滅法速くて、猿みたいだったのが、だんだんときれいになっていきやがる」

「ふッ、ふッ、だがその頃になると、小母さんは〝中嶋屋〟を建て直して、忠さんは田楽豆腐どころではなくなったんだ」

「ああそうだ……。ところがおっ母《か》さんは知っていたんだ……。おれが時折、田楽豆腐を買って食っていたことを……」

忠太郎はうっとりと目を閉じた。

店も建て直して、少しは懐に余裕も出来ると、お勝は商いの修業に精を出す忠太郎のためによく田楽豆腐を買ってきてくれた。

子供の須の空腹と寂しさを紛らせてくれた田楽豆腐の味もさることながら、

「ここの娘さんというのがなかなか気の利く子でねえ。もういい歳なのに嫁に行かないのはどうしてなんだろうねえ……」

　忠太郎は、お勝がするおはんの噂話が何よりの楽しみであった。

嫁に行かぬのは、ひょっとすると自分への想いを抱いてくれているのではないか――。

　そんな勝手な想いが、ひたすら家業に打ち込む忠太郎の大きな慰めとなったのである。

「だからよう、政さん、おれは、おっ母《か》さんからあの娘を嫁にもらったらどうかと言われた時はとび上がる想いだったよ。おっ母《か》さんには、前からおれもそう思っていたとは言えなかったが……」

「そうだろうな。話を聞いた時はおれも嬉しかったぜ」

「おれは、おはんが女房となって家にきた時から、もう夢心地だったよ。初めはそんなおれが珍しくて、おっ母《か》さんは笑っていたんだがなあ。おはんがうどんを拵えたくらいからおかしくなったんだよ」

「〝ふてえうどん〟てやつかい」

「ああ、よく知っているな」

「お夏小母さんの居酒屋で口癖のように言っていたってよ。ばらばらの太さなんだってな」

「ああ、おれはそれが好きだった……」

「何だ、うまかったのかい」

「おっ母《か》さんのうどんを凌《しの》いでいたよ」

「だから気にくわなかったってことか……」

「そうに違いない」

「どんな味だったんだ」

「お夏小母さんが拵えるうどんの味に似ていたよ。うどんは腰があって、それでいて柔らかくて、出汁にはほんのり甘味があって……」

「おかしな話だ。お夏小母さんのうどんは好物だってえのに、おはんちゃんのうどんは気に入らねえとはな」

政吉は苦笑した。女には負けたくない相手がいて、どこまでもその相手のことは認めたくないようだ。

「おれがうまいうまいと言ったのがいけなかった。うどんはおっ母《か》さんの自慢の食い物だったんだ……」

つくづくと語る忠太郎を見て、

「おれにはわからねえ。うめえ物をうめえと言って何が悪いんだ」

政吉は吐き捨てるように言った。

「おはんだけにそっと言えばよかったんだ」

「わからねえ……」

「おっ母さんは寂しくなったんだと思う」

「だが忠さん、お前は何も悪くはねえだろ」

「おっ母さんの心を捻《ね》じ曲げてしまったのは、一家の主であるおれのいたらなさだ」

「だから、お前は女房をさとに帰すことに文句は言わなかったってえのか」

「文句は言いたかったさ。おはんが気に入らないなら、おれはおはんを連れて出て行く……。そう言ってやりたかったよ。だがな、嫁ぎ先の店が潰れて、亭主に死に別れて、幼子を抱え、その時には頼る身内もなし……。そんな中でおっ母さんは身を粉《こ》にして〃中嶋屋〃を建て直したんだ。それはいったい何のためだ。みんなおれのためだ。おれが継ぐはずだった〃中嶋屋〃を取り戻したかったんだよ……」

忠太郎は、苦しい胸の内を吐き出す度に、その痛みに喘いだ。

「それを、おれが無にできるか。おっ母《か》さんは、何もかもなくしておれと二人だけになった時、神仏を裏切ってでも、女であることを忘れてでも、おれに〃中嶋屋〃を継がせると心に決めたんだ。朝早くから古着を担いで売り歩いて、帰ってからは針仕事をして……。それでもおっ母さんは泣き事ひとつ言わずに……、あの姿を思い出すと、おれは、おれは何も文句を言えなかった……。だがよう、政さん、おれのそんな想いを察して、ちょっとさとのお父《と》っさんの様子を見てきます……。にっこりと笑いながら出て行ったおはんのことを想うとおれは……」

忠太郎の喘ぎは一層激しくなった。

政吉はいたたまれずに、この場の趣を変えようと、

「忠さん、今宵はとことんいくぜ。まず河岸《かし》を変えようじゃあないか……」

千鳥足の忠太郎を連れて、お夏の居酒屋へ来たのであった。

そして今、その忠太郎は、この先おはんをどうするかの答えを出さぬままに、小上がりで酔い潰れているというわけだ。

「そいつは政吉っつあん、好くしてあげたねえ……」

清次はぽんと政吉の肩を叩いた。

大好きな清次に肩を叩かれ、政吉は幸せそうな顔で大いに照れた。

「まあ、そのうちお勝さんの機嫌も直るさ……。こんなところで酔い潰れていても仕方がないよ。うどんでも食べてしっかりおしよ……」

お夏は煙管を置いて、二人の前にどんと、うどんの鉢を置いた。

「忠太郎さん、追い出した女房のうどんもうまいか知らないが、うちのうどんもおいしいよ」

お夏にゆり起こされて、忠太郎は夢心地で熱いうどんを口に運んだ。

ここのうどんは久し振りであった。

一度食べて、なるほどうまいと思ったものだが、おはんが拵えたうどんの味と少し似ていて、このところは食べていなかった。食べればおはんを思い出してしまうからだ。

「うまい……」

忠太郎は嘆息した。それへ向かって、

「ああ、あたしとしたことが、うどんの太さがばらばらになっちまったよ……」

お夏がにこやかに言った。

確かに今日のうどんはお夏にしては珍しく太さがばらばらである。

忠太郎は夢中でそのうどんを啜った。

「うどんの太さがばらばらになってしまいましたよ……」

おはんの口癖が蘇った。

「うまい……、うまいよ小母さん……。政さん、ありがとうよ……」

忠太郎は堪えていた涙をぽろぽろ流しながら、勢いよくうどんを食べ続けた。

「男ってのはやさしいね……」

お夏は溜息交じりに呟くと、ほんの少しだけ表の戸を開け、冷たい風を店の内へと入れた。

その数日後、おはんは〝中嶋屋〟へ戻ってきた。

いざともなれば、母子の縁が切れてもいいとさえ思いつめて、忠太郎がお勝に、

「おはんを家に戻したいのですが……」

と迫ると、

「ああ、あちらのお父《と》っさんも達者なようだからそうおし……」

お勝は実に呆気なく応えた。

「え……」

拍子抜けをして、まじまじとお勝の顔を見つめる忠太郎に、

「何を驚いているんだい。わたしは、おはんにさとの父親の様子を見てあげるように言ったけど、二度と帰ってくるなとは言ってないだろう」

お勝はそう言って怒ったという。

「だいたい、わたしは嫁に息抜きをさせてやろうと思ってさとへ戻してあげたのに、あらぬ噂が立つのはお前が頼りないせいですよ……」

こうしておはんは戻ってきたが、お勝はもう嫁いびりをしなかった。

それでも墓参りの帰りにお夏の店に立ち寄ってはうどんを食べて、迎えに来たおはんに、

「あんたもここのうどんを見習いなさい。いつまでも〝ふてえうどん〟じゃあ困りますよ」

と、うどんの文句だけは言い続けた。

「はい。どういうわけか、うどんの太さがばらばらになってしまいまして……」

おはんはいつも神妙に応えたが、その表情には屈託がなかった。

「好いお姑さんぶりだね……」

真冬の寒さとなったある日、お夏が冷やかすようにお勝に声をかけると、

「なあに、これも順送りでね。商人の癖で、勘定を合わせているんですよ」

お勝は弾むような声でニヤリと笑った。

第三話　餡餅

一

その老婆は時折やってきた。

着ているものも小ざっぱりとしていて、腰も曲がっておらず、

「ああ、おいしかった。この店のお蔭で随分と楽ができますよ」

その日の菜に香の物、ご飯に汁をきれいに食べると、いつもこう言い置いて帰っていった。

常連の客達と特に親しく話すこともなく、かといって頑な様子を見せるわけでもなく、いつも静かに笑みを湛《たた》えて食事を済ます。

お夏の居酒屋には、日々の自炊が面倒で、時に食事をしに来る独り暮らしの老人

もいる。

この老婆もその口なのであろう。

いつも一人で来るので、その名はわからなかったが、かつてはなかなかに美しく、男達に騒がれたのではないかという片鱗《へんりん》がちょっとした仕草や立居振舞に窺《うかが》われて、いつしかお夏の言う、

「小粋な婆《ば》ァさん」

として、店の内では認識されるようになっていた。

自炊が面倒だといっても、お夏の居酒屋のように値の安い店でさえ食事をとれない老人は多い。

死に別れた旦那が金を残してくれたのか、離れて暮らす子供が相応の面倒を見てくれているのか、いずれにせよ恵まれた老人であるのは確かで、お夏も別段気に留《と》めていなかったのだが――。

朝から木枯しが吹く寒い日のことであった。

その日は、中食をとりに来た小粋な婆ァさんが、いつものように食事を済ませた後、

「ああ、どうもごちそうさまでございました。こちらには初めて参りましたが、また、度々寄らせてもらいますよ……」

と、真顔で言った。

その時、店には常連の不動の龍五郎もいたが、小粋な婆ァさんの言葉に飯を食べる箸が一瞬止まった。

「何を言ってるんですよう。もう何度もきてるじゃあありませんか……」

お夏は冗談を窘めるように応えた。

小粋な婆ァさんは、しばしきょとんとした表情を浮かべていたが、

「ほほほ……、わかっていますよ。女将さんがわたしのことを覚えてくれているか、確かめてみたくなりましてね……」

やがて取り繕うように応えて、颯爽《さっそう》と去っていった。

――もしかして、小粋な婆ァさん。呆《ぼ》けちまったんじゃあねえだろうな……。

この時、龍五郎は一瞬そう思ったが、後の言葉がしっかりしていたので、あまり気にもしなかった。

何か考え事をしていて、初めて来た店にいる錯覚にとらわれたのであろう。五十

にならぬ龍五郎とて、そんなことはよくある。

お夏はというと、

「誰が呆けようと正気に戻ろうと、お代さえもらえたらどうでもいいよ」

まるで気にも留めなかったのであるが、やがてそうも言っていられなくなった。

その後小粋な婆ァさんが、店に来る度にお夏を見て、

「あんたはほんにきれいな人だねえ……」

と言い始めたからだ。

初めのうちはからかっているのだと思って、

「よしておくんなさいよ……」

ちょっと顔をしかめてやり過ごしていたのだが、

「いや、ほんにきれいだよ……」

小粋な婆ァさんは、いつも真顔で言うのでさすがに困ってしまった。

そんな時に限って、店には不動の龍五郎が来ていて、彼女が食事を済ませて帰る
と、

「あんたはほんにきれいな人だねえ……」

その口真似をして、お夏をからかうのだ。

いつもは口喧嘩の度に言い負かされてしまう龍五郎の、真に嬉しそうな表情を見ると、居合わせた客はおろか清次までもが笑ってしまった。

「あの小粋な婆ァさん、やはり呆けちまったようだな。このくそ婆ァを〝きれい〟だなんてよ」

龍五郎は調子に乗って大笑いをしたものだ。

「やかましいよ！　口入れ屋、いい気になるんじゃあないよ！」

お夏はその度に怒鳴りつけてやるのだが、小粋な婆ァさんが来たからといって、追い返すわけにもいかない。

表を彼女が通りかかるのを見かけると、無敵を誇るお夏も、あれこれ理由をつけて居酒屋の奥へ引っ込むか外出を決め込むようになった。

お夏にとっては幸いなことに、そんなやり取りが二、三度続いた後、小粋な婆ァさんはふっつりと店に姿を見せなくなった。

「どうもおもしろくねえな……。まさかあの小粋な婆ァさん、死んじまったんじゃあねえだろうな」

龍五郎は、それを寂しがったり、心配してみたりした。

「ああ、やれやれだよ……」

お夏もまた、ほっとしつつも、小粋な婆ァさんのことを何も知らぬままに終ってしまうのも、

「どうもしっくりとこないねえ……」

と、清次に洩《も》らすこともあったのだが、師走《しわす》に入ったある日の夕べ――。

小粋な婆ァさんはまた、ひょっこりと現れた。

老婆は、別段変わった様子はなかったが、今度はお夏の顔を見ても、

「あんたはほんにきれいな人だねえ……」

とは言わなかった。

――正気に戻ったなら何よりだ。

お夏は少しばかり嬉しくなって、

「ひとつどうです……」

と、餡餅《あんもち》を出してやった。

お夏は時折、餅を餡で包んだ〝餡ころ餅〟を拵えることがある。

これは売り物ではなく、

「何だか無性に甘い物が食べたくなったよ……」

そんな時の自分用なのだが、ひとつやふたつだけ拵えるわけにもいかないから、余った物を気まぐれに女子供に出してやるのである。

この日もちょうど餡餅が残っていたので、老婆がいつもの一汁二菜の食事を食べ終えたところで勧めたというわけだ。

「あら、すまないねえ……」

小粋な婆ァさんは、餡餅をしばらく懐かしそうに眺めていたが、やがて一口食べて、

「相変わらず、あんたが拵える餡餅は、おいしいねえ……」

何度も頷きながらお夏の顔を見て言った。

「何ですって……」

お夏は、またおかしなことを言っているよと顔をしかめた。

この小粋な婆ァさんに、餡餅を出してやったことはなかったはずである。

くそ婆ァと言われるお夏は、とにかく記憶力に優れている。それゆえ、人の失敗

や過去などをよく覚えていて、客達はお夏の前で自分のことを棚に上げた物言いが出来ないのだ。

だが、年寄り相手に頭ごなしに餡餅など出したことがないと言ってやるのもどうかと思って、

「ああ、それはよかったですよ……」

と、言葉を濁しておいたのだが、

「まったく、こういうものを拵えるのは、妹のあんたの方がよほど上手だよ……」

小粋な婆ァさんは、さらに気にかかることを言った。

「妹……」

お夏は小首を傾げた。

何か聞き違えたかと思ったのだが、

「姉のわたしは形無しだねえ……」

小粋な婆ァさんは、そう言うと美味そうに餡餅を平らげた。

やはり、お夏を妹と間違えたようだ。

「そんなら、わたしはもう行きますよ……」

彼女はお夏に頬笑むと、清次に向かって、

「ああ、おいしかった。この店のお蔭で随分と楽ができますよ」

と言い置いて、床几の上に銭を並べると店を出た。

清次に発した言葉は、この店に初めてやってきた時の様子と変わらなかったし、物腰もしっかりとしていた。

どうやら餡餅を食べた時に、妹のことを思い出したようである。

帰りがけに清次に向かって言った口調とは違い、お夏にはどこかうっとりとして、天に向かって話すような趣で語りかけていたような気がした。

「いったい、どうなっているんだろうね……」

お夏は清次に問いかけた。

「さて……。あっしにはよくわかりませんが、時折、昔のことが今のように思い出されたり、今さっきのことをすっかり忘れてしまったりするんでしょうねえ……」

清次は腕組みをして唸るように言った。

「まあ、あの口入れ屋の馬鹿がいなくてよかったよ……」

ちょうど店には、不動の龍五郎はいなかったし、他の客も二人しかおらず、急いでいるのかいずれも黙々と飯をかきこんでいたから、お夏が妹と間違われたことについては、まったく気付いてないようだ。

どうやらあの小粋な婆ァさんには妹がいて、その記憶が餡餅によって繋がっているようだ。

お夏は、どうでも好いことだと思いつつ、自分を妹と間違えた老婆の過去に、興味をそそられてならなかった。

たまたま甘い物が欲しくなり、餡餅を拵えた日にやってきて、その味が妹への郷愁を呼び起こしたのであれば、どうも放っておけない気がしたのである。

とはいっても、名も知らぬ客の一人にどうやって関わるというのだ——。

「まあ、長く生きりゃあ呆けもするさ。まずここまで生きてこられたことを喜ぶべきだねえ……」

お夏はそんな想いをかき消すように、餡餅を口に入れた。

ほど好い甘味が口の中に広がる。

食べ馴れているはずなのに、今日は何やら懐かしい味がした。

二

名も知らぬ客の一人だと、小粋な婆ァさんについては、気になりつつも突き放して考えることにしたお夏であった。

しかし、人の縁というものは不思議なもので、どういうわけか心に引っかかりを覚える者とは、思わぬところで出くわしたりする。

餡餅の一件があった二日後であった。

その日は朝から、中目黒町にある青物屋へ出かけていたお夏は、その帰りに岩屋弁財天を祀《まつ》る蟠龍寺《ばんりゅうじ》の前をうろうろする小粋な婆ァさんを見かけた。

辺りを見回しながら、何やら呆然《ぼうぜん》とした表情で行ったり来たりする様子は道に迷っているようにも見えるし、暇潰しにただ徘徊しているだけのようにも見える。

いずれにせよ彼女はただ一人である。

声をかけずにはいられなかった。

お夏は小粋な婆ァさんの前に出て、

「これはこれは、お参りですか……」

と頰笑んだ。

「おや、まあ……」

お夏の勢いの好い言葉に、我に返ったか、

「居酒屋の女将さんじゃあありませんか」

婆ァさんの顔に生色が戻った。

「ふッ、ふッ、覚えていてくれてよかったですよ」

お夏は心からほっとした。

「そりゃあ、覚えていますよ。お夏さんでしょう」

「これはますますよかった」

「わたしもお会いできてよろしゅうございましたよ。お不動さんにお参りして、その辺りを暇潰しに歩いておりましたら、どこがどこやらわからないようになりましてねえ……」

なるほど、暇潰しに歩いているうち、道に迷ったというところか――。

「どこへ行きたいのです」

お夏は穏やかに問いかけた。

「太鼓橋へ……。そこまで行けば、家へ帰れます」

「家は太鼓橋の近くで……」

「はい……」

「あの田畑を左に見ながら真っ直ぐに行けばもう太鼓橋ですよ。一緒に行きましょうか……」

どうせ帰り道である。

お夏は、小粋な婆ァさんと連れ立って歩き始めた。

この婆ァさんが、清次の言うように、時折、昔のことが今のように思い出されたり、今さっきのことをすっかり忘れてしまう気配を持っているならば、しっかりとしている時にまず住まいを確かめておきたかった。

たとえばこの先、お夏の店へ来たはいいが、帰るところを忘れてしまった――などということとてあるかもしれないではないか。

そういう意味では、まず婆ァさんの名前も知っておきたかった。

お夏は、客の方から名乗らない限りは自分から客の名は訊ねたりしないのが信条である。

居酒屋の女将と客――。

店で顔を合わせて、時折は話をして、酒食を供して代を受け取り、やがて店の内外に別れる。

とりあえずはそういう間柄で好いと思っている。

長く店の内で顔を合わすうちに、自然と客の名前や人となりがわかってくるだろうし、それくらいの間合を開けておいた方が心地よいからだ。

しかし、小粋な婆ァさんはいつも一人であったし、彼女を知る常連もいないから、未だに名さえも知らなかった。

ただの客と女将の間柄でいれば好いのだが、この婆ァさんは、お夏を〝きれい〟と言ってみたり〝妹〟と間違ったり、何となく打ち捨ててはおけなくなっていた。

そして、口では客のことなんかどうでもいいと言いながら、弱い者の肩を持ちたくなるのがお夏の癖なのである。

「一緒に帰ってもらえるとは嬉しゅうございますよ。ああ、そういえばこの道の先でしたねえ太鼓橋は……」

婆ァさんはお夏のちょっと後ろを歩きながらぶつぶつと呟くように言った。

――とにかく、家へ着くまでは正気でいておくれ。

お夏はそう念じつつ歩いた。

婆ァさんの歩速に合わせるのは苛々としたが、ほどなく太鼓橋の袂に着いた。

「さて、着きましたよ。せっかくだから送っていきますよ」

お夏が振り向くと、婆ァさんはしっかりとした目でお夏を見て、

「どうもありがとうございました……」

小腰を屈《かが》めた。

幸い正気は続いているようだ。

「送っていただくまでもありませんよ。その豆腐屋の隣りでございましてね……」

婆ァさんは、橋の手前を左に入った小路を指して頬笑んだ。

小さな通りだが、そこは表長屋で豆腐屋の他には桶屋があり、居職《いじょく》の住処も窺える。

婆ァさんの家も、間口一間半（約二・七メートル）ばかりの小さな一軒だが、元はここも何かを商う店であったと思われる。

年寄りが一人、いざともなれば小商いでもして暮らしていけるようにと考えたのかもしれない。

「こいつはなかなか好い家だ……」

お夏は、婆ァさんを家の前まで連れていって、

「ここで一人暮らしているんですかい……？」

と、訊ねた。

「ええ、そうなんですよ……」

婆ァさんがにこやかに頬笑んだ時であった。

「もう、どうしてしまったのかと案じておりましたよ……」

婆ァさんの姿を認めて、家の中から三十絡みの男が出てきた。

婆ァさんの家の者かと思ったが、広袖《ひろそで》に下馬、腹掛股引《はらがけももひき》の姿を見ると、男は廻《まわ》り髪結《かみゆい》のようである。

「あら、山二郎《さんじろう》さん、今日でしたかね……」

婆ァさんは小首を傾げて山二郎という髪結を見た。

「へいへい、今日でございましたよ。おっ母《か》さん、さっそく当たらせてもらいます

から早く入っておくんなさい……」

山二郎はお夏にちょっと会釈をすると、婆ァさんを促してさっさと家の中へと入っていった。

どうやら、髪結を呼んでいたのを忘れてしまっていたようだ。

「そんなら、あたしはこれで……」

お夏は婆ァさんに声をかけて踵《きびす》を返した。

とにかく婆ァさんの家がここであるのは間違いない。

「すまなかったねえ……」

小粋な婆ァさんは、お夏の背中に礼を言った。その声は今までと違って若やいでいた。

――また何か思い出したのか。

お夏は怪訝《けげん》な表情を浮かべて振り返った。

婆ァさんの顔は案の定、天に向かって話をしているようにとろんとしていた。

「お滝《たき》ちゃん……。お前はいい子だね……」

そしてまた新たな気になる言葉を発したのであった。

「おっ母《か》さん……、早く来ておくんなさいな!」

中から山二郎の声がして、

「はいはい、わかりましたよ……」

婆ァさんはまた年寄りの様子に戻り、お夏の前から姿を消した。

「お滝ちゃん……か」

お夏は、それが小粋な婆ァさんの妹の名であろうと思って、

「大丈夫なのかねえ、あの婆ァさん……」

大きな溜息をついた。

そんなお夏を認め、隣りの豆腐屋の女房が出てきて、

「お沢《さわ》さんのお知り合いで……」

と、話しかけてきた。

これで小粋な婆ァさんの名がやっとわかった。

お夏は他所行きの顔で、

「知り合いってほどの者じゃあないんですがね。時々、店にきてくれるので……」

「お店に……」

「ええ、あたしは行人坂を上がったところで居酒屋をしておりまして」

「ああ、聞いたことがありますよ。それじゃあ、お夏さんで……」

女房は目を輝かせた。この辺りでもお夏の名は通っているらしい。

「ええ、まあ……。よく知っていますねえ……」

お夏は苦笑いを浮かべた。

「そりゃあもう評判ですよ。安くておいしくて、気が利いていて、女将さんはくそ婆ァ……、いえ、ちょっとばかりおっかないが、馴れるとその怒りっぷりがまた乙なもんだと……」

「ふッ、ふッ、そうですか……」

お夏は笑うしかない。

「それで何ですか。お沢さん、どこぞで道に迷いましたか。このところ、あの人も耄碌《もうろく》しましたからね……」

豆腐屋の女房はよく喋る。

「まあ、そんなところですかね。ちょいと気になって、送ってあげようかと思いましてね」

「それはよかったです。おっかないなんて、とんでもない、女将さんはやさしい人なんですねえ……」

「そんなんじゃあありませんよ。どうせ帰り道だし、どんなところで暮らしているのか、見てみたくなりましてね」

お夏は女房と喋るのが少し面倒になってきたが、ここまで来たのだから、お沢のことをもっと知りたくなった。

「お沢さんは、しっかりとしたお婆ァさんだったんですが……。寄る年波には勝てないんですねえ」

「身寄りはないのですか」

「いえ、築地の八百屋に嫁いでいる娘さんが一人いるんですよ……」

お夏の期待通りに女房は、矢継ぎ早にお沢の身上について教えてくれた。

お沢は十年ほど前に、彫金師であった良人と死別した後、ここで独り暮らすようになった。

娘はお江《こう》といって、築地の八百屋へ嫁いだのだが、八百屋の亭主というのがやさしい男で、寡婦《かふ》となった義母を気遣い、何かというとお江に様子を見てあげるようにと言ってくれる。

元より、年老いていく母の身を案ずる想いはお江も強く、娘はここに足繁く通ってきているという。

近頃では老いが進み、時折、今さっき話したことを忘れるようになってきたお沢に、

「おっ母《か》さん、うちの人も勧めてくれているんだよ。うちで一緒に住まないかい」

とまで言いに来ているのだが、お沢はこれを頑として拒んでいるのだそうな。

お夏は話を聞いて、

「今さら娘の嫁ぎ先に厄介になるのも窮屈なんだろうねえ」

相槌《あいづち》を打ったが、

「でも、お江さんにしてみれば心配なことですよ……」

女房は顔をしかめてみせた。

お沢はますます頑になり、お江の遣いで八百屋の奉公人が訪ねてきても喜ばず、追い返してしまうらしいのだ。

そんな時は、日頃の穏やかなお沢の様子からは思いもつかぬ険しい表情となり、

声を荒らげることもある。

それを通りがかりに宥めたのが、廻り髪結の山二郎で、何を気に入ったのか、自分の髪は自分で結うしっかり者のお沢が、それからは山二郎に髪を当たらせるようになった。

かつては廓《くるわ》に出入りをして遊女の髪を結ったという男の髪結ではあるが、近年は町の女の髪を結うのは女髪結に決まっている。

どうやらお沢は、髪を結ってもらうというより、老人の独り暮らしゆえに出来ないでいる力仕事や高いところの掃除などを、山二郎に頼んでいるようだ。

「まあ、山二郎さんは親切な人ですがね。いつも傍にいて面倒を見ることなんてできませんからねえ……」

この豆腐屋をはじめ近所の者達は、お江に願われてお沢に気を配ってはいるのだが、山二郎と同じく、皆自分の暮らしに追われていて、いつも見ているわけにはいかない。

今日も家を出るお沢は、物腰も物言いもしっかりしていて、いつも通りに見えた。

それゆえ、外に出るなとも言えないのだ。

「しっかりしているかと思っていたら、いきなり呆けちまう……。本当に困ったものですよ……」

豆腐屋の女房はひと通り語り終えると、名物女将のお夏とあれこれ話が出来たのが嬉しかったようで、

「一度、お店の方に寄らせてもらいますよ……」

意外やお夏が気さくに喋ることに感心したかのように、何度も頷きながら店へと戻っていった。

――ふん、どうせ口入れ屋あたりが、あちこちであたしの悪口を言い廻ってやがるに違いないよ。

思わぬところで自分の名が知れていることに戸惑いながらも、小粋な婆ァさんがお沢という名でちょっとわけありの様子であると知れたのは何よりであった。

――だからといって、知ったこっちゃないが。

歩き出すお夏の背後から、

「おっ母《か》さん、棚を直しておいたよ。一度、畳も上げて掃除した方がいいねえ……」

髪結の山二郎の声が聞こえてきた。

豆腐屋の女房は、

「……山二郎さんは親切な人ですがね……」

と言っていたが、色白でぽってりとした顔立ちは一見やさしそうに見えるものの、お夏の姿を認めて会釈した時の目付きが、お夏はどうも気に入らなかった。

口では言い表せないが、山二郎の目には、

「この婆ァは何者なんだ……」

という、警戒と敵意が含まれていたような気がするのだ。

お夏のこめかみがぴくりと動いたかと思うと、途端にその歩みが速くなった。

早く店に帰ろう――。

無性にいつもの床几で煙草を吸いたくなったのだ。

三

それから三日の間は、お夏の店に小粋な婆ァさん・お沢が食事をとりに来ることはなかった。

しかし、お夏とお沢の縁は未だに繋がっていたようで、四日目の朝のこと。

築地の八百屋に嫁いだというお沢の娘・お江が居酒屋を訪ねてきた。

あれからお江は、太鼓橋近くのお沢の家を訪ね、その折にあのお喋りの豆腐屋の女房から話を聞いて礼を言いに来たのである。

すぐに訪ねてくるとは、労を惜しまぬ行き届いたことだが、近頃のお沢の様子を思うと、少しでも多くの人に構ってもらえるようにしておきたいという娘心なのであろう。

居酒屋の女将に食べる物を持っていっても、好みに合わねばいけないと思ったのか、手土産には国分《こくぶ》の煙草を持参した。

このあたりも、お夏の煙草好きを調べての気遣いであるから、真に好く出来た娘だといえる。

もっとも、娘といってもお江は四十前の八百屋の女房であるから、それなりに世渡りを重ねているのだ。

とにかく、お夏はまずお江を気に入った。

そうすると、ますますお沢のことが気になってくる。

お夏はお江を小上がりの端に招き、小さな衝立《ついたて》をひとつ置いて、話しやすくした。

「こんな好い煙草をもらうほどのことはしておりませんよ……」

お夏は恐縮しつつ、豆腐屋の女房から聞いた話を持ち出して、

「そりゃあ、お江さんにしてみれば落ち着きませんよねえ……」

今、お沢が持っている危うさに思いを馳せた。

「ある時、ふっと昔の思い出が浮かんできて、今と昔が入り交じってしまうようですねえ」

「そうなのです。呆けてしまったと思えるのなら、無理にでも連れていくのですが、日頃はまともなことを言いますし、つい好きなようにさせてあげたくなりまして」

「そりゃあそうでしょう」

「おかしくなった時に、何かご迷惑をおかけしておりませんか」

お江は悲痛な面持ちで問うた。

「迷惑といえば、あたしのことをきれいだきれいだと言いたてるものだから、馬鹿な客達にからかわれましたよ」

「あら、それは大変でしたねえ。申し訳ありません……」

「ふッ、ふッ、きれいだと言われて文句を言うのもおかしな話ですがね」

お夏の言い様がおかしくて、お江の口許が綻んだ。

「他には何か……」

「妹と間違われましたよ」

「妹……」

「お滝という人じゃありませんか」

「はい、そう聞いております」

「ということは……」

「叔母は随分前に亡くなったので、わたしはどのような人か知りませんで」

お沢とお滝は仲の好い姉妹であったという。

赤坂田町の指物師の娘として生まれ、何をするのも一緒であった。

お沢が、近所に住む幼馴染の彫金師・伊三郎《いさぶろう》――つまりお江の父親と一緒になった後、お滝もまた、伊三郎の彫金師仲間と所帯を持った。

しかし、仲睦まじく暮らした姉夫婦とは違って、お滝は極道者の亭主に随分と泣かされたようで、息子を一人産んだ後、すぐに体を壊して死んでしまったという。

「てことは、その叔母さんというのは、まだ若い頃に亡くなった……」

「はい、そういうことになります」

「だったら、若い頃の面影しか覚えていないはずなのに、お沢さんはどうしてあたしと間違えたのでしょうねえ」

首を傾げるお夏に、

「それはきっと、女将さんに心を開いたからだと思います」

お江は真顔で応えた。

「おっ母《か》さんはあれで気難しいところがありまして、なかなか人に本心を見せないのです」

亡き妹を懐かしむ想いが、お夏の前では素直に出てくるのではないかとお江は言う。

「なるほどねえ……。わかるような、わからないような……」

お夏は煙管を出して一服つけた。

「本当のところは、娘のわたしにもおっ母《か》さんが何を考えているか、さっぱりわかりませんで……」

お江は申し訳なさそうな顔でお夏を見た。

「ふッ、ふッ、そりゃあそうだ……。ちょいと呆けが交じった年寄りの頭の中が、そうたやすくわかってたまりませんよ……」

お夏は頰笑んで、煙草盆の吐月峰《とげっぽう》に煙管の雁首を叩きつけた。

「それで、お滝さんの亭主と息子はどうしているんです」

「叔母さんのご亭主も随分前に亡くなって、その息子は行方知れずでございます」

極道者の亭主は、酒で体を壊し、ある日血を吐いて仕事場で倒れ帰らぬ人となった。

この時、七太郎《しちたろう》という息子は十六になっていた。お沢はこの甥《おい》の面倒を何くれとなく見てやっていたのだが、親の因果が祟《たた》ったか、跡を継いだ彫金の腕は上がらず遊びばかりを覚え、やがてあれこれと揉《も》め事を起こして姿を消した。

「そんなこんなで、おっ母《か》さんは叔母に不憫を覚えたのでしょう。時折、昔話をしては哀しそうな顔をしておりました」

語るお江の表情もしんみりとしてきた。

お夏はしめっぽいことを何より嫌う。

「とにかく、想いの深いお滝さんに間違られたんですから悪い気はしませんよ」

強い口調で言った。

「そう言っていただけると助かります。この先もおっ母《か》さんがここへきて、ご面倒をおかけするようなことがあるかもしれませんが、その折はどうか堪忍してやってくださいまし」

お江はお夏と清次に手を合わせて頼み込むと、築地へと帰っていった。

それからお夏はお江が訪ねてきたことを取り立てて人に話さずにいた。

お沢が食べに来ることもなかったし、不動の龍五郎も口入れ屋の仕事が忙しいらしく、お沢の話でお夏をからかう余裕もないようであった。

それゆえ、お沢はお夏の居酒屋で、次第にその存在を忘れられようとしていた。

だが、お夏はどうもすっきりとせず、お江が訪ねてきた数日後。

往診の合間に夕餉をとりに来た町医者の吉野《よしの》安頓《あんとん》を捉《つか》まえて、お沢の呆け具合を訊ねてみた。

三十五になるというのに未だ独り身で、風流人を気取り、あらゆる遊びに町の者達を巻き込み大騒ぎを起こす――。

　三日月のようにしゃくれた顎《あご》の持ち主であるゆえに、

「あの顎先生は、藪《やぶ》にもなれない筍医者ってところなんじゃあないのかい……」

　医者に無縁のお夏は口ではくさしているが、医術の腕は大したものだという評判は耳に入っていて、心の内ではこの吉野安頓に一目置いている。

「お沢……。おお、そういえば一度診立てたことがあったような……」

　思えば安頓は行人坂下に住んでいて、お沢の家とは太鼓橋を挟んだ近所であった。

　もう一年以上前であったか、坂で転んで怪我《けが》をしたので診てやってもらえないかと、近所の桶屋の主人に往診を頼まれたのである。

「この桶屋のおやじは人助けが道楽のような男でな。ふふふ、死んでしまえば己が仕事になるというものを……」

　安頓はおかしそうに言った。

「ははは、まったくだ」

　お夏が安頓を買っているのは、戯言の趣味が似ているからでもある。

「まあ、それで診てあげたのだが、元々体が丈夫なようで、年寄りが坂で転ぶと骨が折れたり大変なことになるものだが、かすり傷だけで済んでいた」

物言いもしっかりしていたし、極めて達者な年寄りだと思ったのだが、確かに家の隣りが豆腐屋であったと安頓は思い出した。

「ほう、あの婆ァさんが、時に我を忘れて昔の自分になる、か。体が丈夫でしっかり者ほど、呆けだすと早いのかもしれぬな……」

安頓はしかつめらしく頷いて、

「小母さんを妹と間違えたのは、お江という娘の言う通りかもしれぬ」

「それは、あたしには心を開いたってことですか」

「小母さんから、何やら懐かしい〝気〟が漂っていたのであろうな」

「懐かしい〝気〟……。あたしは殺気が漂っているとはよく言われますが、そんな上等なものは持ち合わせてはおりませんがねえ」

「むつかしいことは、この安頓にもわからぬ。まず、年寄りは長い間生きているから、長年の勘でわかるのであろう。この相手は自分にやさしい想いを持っているかどうかがな……」

お沢は妹のお滝に大きな心残りがあるに違いない、その心残りがきっとお沢の心の内を苛《さいな》むのだ。すると、その苦痛から逃れようとして、何かの拍子に頭が勝手に自分を過去に戻すのではないか――。

安頓はそう見ていた。

「昔の自分に戻って、妹にやさしい声をかけてやりたい……。その強い想いが正気をなくさせるというわけですか」

「てことは何ですか、人は辛いことから逃げようとすると、頭が勝手に動くようになるわけだな」

「そういうことだ。人は皆、我が身がかわいいものだからな。知らず知らずの内に、話す相手も選んでいるのだよ。小母さんなら妹と間違っても悪いようにはしない……」

「我が身がかわいい……。そう言われるとわかる気がしますよ……」

お夏には裏表がない。この女なら、妹と間違えてもそれなりに相手をしてくれるだろう。居酒屋で食事をするうちに、お沢の頭は、そのように判断したと思われる。

そしてあの餡餅が、お沢の心の中に亡き妹を蘇らせたのに違いない。

妹・お滝との餡餅の思い出――。

それは今や、娘のお江さえ知る由《よし》もないお沢だけの思い出なのだ。

お夏は心に引っかかりがあると、気持ち悪くて仕方がない性質なのだが、これで少しはすっきりとした。

「先生、ちょっとは見直しましたよ」

お夏は安頓に茶を淹《い》れながら素っ気なく言った。

安頓はニヤリと笑って、

「筍医者から、藪医者に位を上げてくれるかな」

「そりゃあ、もう……」

「それはありがたい。小母さんも呆けやすい性質だから、気をつけてくれ……」

そう言い置くと店を出た。

「あれも口の減らない男だね……」

お夏はふっと笑ったが、依然として心の内にはお沢に対する引っかかりが残っている。

それは、あの廻り髪結の山二郎の存在であった。

長年世の中を生きてきたお沢ゆえに、お夏を話し相手に選んだと吉野安頓は言ったが、それならば何ゆえに、お沢はあんな得体の知れぬ男を傍へ寄せるのか——。

それを思うと、妹・お滝の息子である七太郎のことが気になる。

お沢は甥の七太郎の面倒を見てやろうとしたが、七太郎はぐれて行方知れずとなってしまった。

それが心残りで、七太郎と同じ匂いがする山二郎を傍へ寄せてかわいがろうとしていたら——。

先日、お江は店を出る時に、

「おっ母《か》さんは、お父《と》っさんが遺した品をいくつか持っているので、それを失《な》くしてしまわないかが気にかかります……」

と、言った。

お沢の亡夫・伊三郎は彫金師としては腕利きで、彼の手による帯留の金具や、簪《かんざし》などは、一部の好事家《こうずか》達から、未だに珍重されているらしい。

「清さん、あたしはどうも気に入らないんだよ……」

お夏は板場に立つと、傍らの清次にぽつりと言った。

たちまち清次の目の奥に鋭い光が宿った。

お夏という人間の本質を誰よりもよくわかっているのは他でもない。この清次なのである。

四

「兄《あに》さん、すまねえな。くだらねえことを頼んじまってよ……」

「何の、清さんに声をかけてもらって、おれは嬉しかったぜ」

「もう会わねえ方が好いかとも思ったんだがな」

「おれもそう思っていたから声をかけそびれていたが、もう好いだろうよ」

「そうなのかねえ……」

「お夏さんには話してあるんだろう」

「ああ、鶴吉《つるきち》兄ィに会うと言った」

「何て言ってなさった」

「ふふふ、もう好いだろうよ……、と言っていたよ」

「ははは、お夏さんも達者そうで何よりだ……」

数日後の朝。

清次は鶴吉という男と、高輪大木戸の茶屋で言葉を交わしていた。

清次が〝兄さん〟と呼ぶ鶴吉は四十前で、その恰好と手にした〝びんだらい〟という箱から見るに、廻り髪結であることがわかる。

話し振りから察すると、二人は古くからの付き合いで、鶴吉はお夏とも顔見知りのようである。

二人が何ゆえに、互いに会うことをためらっていたかはしれないが、細面で鼻筋の通ったなかなかの二枚目である鶴吉の目の奥にも、清次と同じ鋭い光が宿っている。

それは凄みの中にそこはかとなく哀しさが秘められていて、とても乾いていた。

居酒屋の料理人でありながら、時として悪を屠《ほふ》る〝天女〟の眷属《けんぞく》と化す清次のように、この鶴吉もまた、髪結とは別の顔を持っているのであろうか――。

だが、今日清次が鶴吉に会っているのは、髪結の山二郎の評判を訊くためであり、その会話からは鶴吉のもうひとつの顔までは見えてこなかった。

お沢の身が気になるお夏の意を受けて、清次は山二郎と同じ髪結で方便《たつき》をたてている鶴吉に会い、山二郎の評判を調べてもらっていたのだ。

「廻り髪結の山二郎のことだが……」

二人は昔話を終え、本題に入った。

「何かわかったかい」

「そんなものを調べるのはわけもねえや」

「そうだったな……」

清次は小さく笑った。

「気をつけたがいいなあ……」

「やはりそうかい」

「ああ、大《てぇ》したこともできねえまぬけ野郎だが、まぬけだけに、何をやらかすかわからねえ」

「よくわかるよ」

「山二郎が何か、あじな真似をしやがったのかい」

「いや、うちの客にちょっかいを出していやがるようなのさ」

「女かい」

「ああ、呆け始めた婆ァさんだ」

「その婆ァさんに、お夏さんがお節介を焼こうとしていなさるのかい」

「そういうことさ」

「そいつは何よりだ……」

鶴吉は嬉しそうな顔をして笑った。

「清さん、お前が羨ましいぜ。今は何不自由なく暮らしているが、ただの髪結でいることが、時に退屈で堪らねえ……」

「そんなら、またお節介を焼く時には兄ィに頼み事をしようよ」

「そうしてくんな。もう、いいだろうよ……」

鶴吉はしみじみとした口調で言うと、清次にそっと書付を手渡した。

そこには他人が読んだとて意味のわからぬ符帳《ふちよう》によって、山二郎の身上が記されてあるのだ。

やがて鶴吉は、びんだらいを手に提げて立ち上がると雑踏の中へ消えていった。

見送る清次の目に、道行く鶴吉の足取りが躍るように若やいで見えた。

「そうかい、鶴さんは達者にしていたかい……」

一旦、客の絶えた昼下がり。

お夏は清次から報《しら》せを受けて、昔馴染の鶴吉を思い出して小さく笑った。

「へい、今じゃあすっかりと、いなせな髪結ってところで」

応える清次の声も楽しそうである。

「軽々しく人様に関わるな……。鶴さんはそう言わなかったかい」

「いえ、お節介を焼くのは何よりだ。あっしのことが羨ましいと……」

清次の口数は少なかったが、お夏との会話はこれで十分ことが足りる。

「ふふふ、鶴さんも何かやらかさないと退屈しているってわけかい。まあ、そのうちにまた頼み事をするとしようか」

「そうしてあげてくだせえ」

「うん……。だが、危ないことまでは、ねえ……」

「鶴さんは、そいつが望みなんでしょうが」

「ふふ、でもねえ……」

清次と二人だけでいると、お夏の顔には時折童女の輝きが浮かぶ。

——だが、あたしはたとえ呆けたとしても、昔のことは口にしちゃあならないんだ。

お夏は鶴吉と関わりがあった昔を懐かしみつつ気を引き締めて、清次が受け取った符帳で綴《つづ》られた書付を一読した。

「思った通りだ……。山二郎には何か目当てがあるようだね」

お夏は清次に厳しい目で頷くと、書付を炉の火にくべた。

すると、その翌朝。

まだ店を開けていない早い時分に、表の戸を叩く者があった。

居酒屋の裏手に併設された小屋に住んでいる清次は、もう朝の身繕いをしていたが、

「いいよ！　あたしが出るからさ……」

店の奥の一間から出てきたお夏がこれを制した。

ふざけた客には叱責を浴びせてやらねば気が済まないお夏であった。

「誰だい！　こんな時分から飯を食わせろってかい！　あたしの店の戸を叩くとは好い度胸をしているじゃあないか……」

戸を開けてみると、そこにはお沢が立っていた。厚手の道行に身を包んでいるが、その下は寝衣のままのようである。

どうせ、早朝からの仕事があって、頼むから何か食べさせてくれという常連の人足に違いない――。

そう思っていただけに、お夏は呆気にとられた。

「お沢さん……。いったいどうしたんです……」

お夏は決まり悪そうに取り繕うと、語気をやさしくした。

「ふふふ……」

お沢はというと、お夏に動じずくすくすと笑っている。

「まあ、とにかくお入んなさいまし……」

お夏はまずお沢を中へと入れて、傍に火鉢を置いて火をおこしてやった。

この日の朝は雪が降るのではないかと思うほどに冷え込んでいたのだ。

「夢を見たんだよ……。あんたが餡餅を拵えたから食べにおいでって……」

お沢は虚《うつ》ろな目をして言った。

「あたしが、餡餅を……」

お夏は少し気味が悪くなって、怪訝な目を向けた。

「そうだよ。お滝ちゃんは上手に拵えるからねえ……。それでわたしは無性に食べたくなってね……」

お沢はまだ夢から覚めていないようだ。

それで、ここがお滝の家だと思い込んでいるのであろう。

お夏は何と返事をしてよいものやら戸惑ったが、今から餡餅を拵えるわけにもいかない。

「はッ、はッ、はッ、夢を見たのかい。生憎《あいにく》、餡餅は拵えてないんですよ」

努めて明るく応えた。

お沢はきょとんとした顔をしていたが、やがて溜息をついて、

「そう……、やはりただの夢だったんだ……。これは騒がせてしまったねえ……」

夢か現《うつつ》か定かではないといった表情で立ち上がった。

「考えてみれば、あんたがわたしに餡餅を拵えてくれるはずがなかったわねえ。そうだよ、そんなはずはなかったよ……。お滝ちゃんは怒っているんだ……」

そして、そのまま再び表へ出た。

「女将さん……」

清次が出てきて、このまま行かせてよいのかと目で問うた。

「清さん、きっちり家に戻るかどうか、見届けてあげておくれな……」

お夏は小声で告げた。

ここで預かって正気に戻るのを待ってもよいが、それでは正気に戻った時の羞恥《しゅうち》が彼女を襲うかもしれないし、このことが他人に知られてもいけない。このまま夢の続きの中、家へ戻ってくれることが一番好いのではないか――。

お夏はそう判断したのだ。

どんなに酔っ払っていても、正体をなくしていても、気が付いたら家に帰っていたという人は多い。

ここは清次をつけて、黙って見送ることにしたのである。

お沢は老人とは思えない速さで家路についた。

後をつける清次は気が気でなかったが、お沢は若い頃の快活な自分に戻っているのか、下り坂をものともせず、一気に太鼓橋を渡ると家に着いた。

「おや、お沢さん……！　こんな時分からどこへ行っていたんです……」

豆腐屋の女房が声をかけた。

「ちょっと夢を見ましてね……」

お沢はまだ夢心地でいた。

「ああ、夢見が悪かったからそこのお地蔵さんでも拝みましたか……」

豆腐屋の女房は陽気に応えた。この女房はどこまでも物事を気楽に受け止めるらしい。

お沢はそれには応えず、にこりと笑って家の中へと入っていった。

五

鶴吉がくれた書付には、廻り髪結の山二郎が上得意としているのは、芝二本榎の古道具屋〝懐旧堂〟とあった。

この店の主は九郎兵衛《くろうべえ》というが、なかなか世に出回らない逸品を取り扱うことで、好事家の間では密かに知られているという。

それだけに、この九郎兵衛については何かと黒い噂がつきまとうそうな。

お夏と清次にはそれだけで、あれこれ思うところが出てくる。

九郎兵衛は、店の裏庭に面した縁側で、丁《ちょう》の日の朝に山二郎に髪を当たらせているると鶴吉は言う。

その調べには間違いがなく、この日の朝も五つ（午前八時頃）となり〝懐旧堂〟に山二郎がやってきた。

方々からお宝となる古美術品をあさる九郎兵衛にとって、誰がどんなものを持っているかの噂を仕入れるには、山二郎のような廻り髪結は重宝するようだ。

ましてや小悪党となれば、表沙汰に出来ぬ話もしやすかろう。

五十絡みの九郎兵衛は、すっかりと鬢《びん》も薄くなっている。それゆえ自分で結うのが難しいのかもしれないが、ここまでくると髪を並べるようにしてみたとて髷《まげ》がみっともなくなるだけである。

それでも二日に一度は結い直す。

そうすることが、男振りを上げる大事な手段だと九郎兵衛は信じているようだ。

「旦那、これならどこの廓に行ったたって、おもてになりますよ……」

「ふふふ、そうかねえ……」

そして、山二郎のおだてには驚くほど弱い九郎兵衛であるが、

「それで、婆ァさんは、いくつくらい品を持っていそうだい」

商売の話になると、その目は人を化かす貉《むじな》のような油断ならぬものと変わる。

「へい、あっしの見たところでは、帯留に莨《たばこ》入れの金具、目貫《めぬき》に平打ちの簪といったところがあるようですぜ」

山二郎の顔付きは、親切な髪結の兄さんのそれから、真に卑しい破落戸《ならずもの》に変わっている。

「そりゃあ本当かい」

「へい、何度ともなく訪ねるうちに、それらを死んだ亭主の位牌《いはい》のように思って、時折眺めては拝んでいる……。そんなことを話してくれましたよ」

「お前さんはお宝の品を、その目で拝んだのかい」

「いえ、まだそこまでは……。ですがどこにあるか目星はつけておりやすよ」

「そいつは大したもんだが、婆ァさんは近頃呆けてきたっていうじゃないか。本当に持っているんだろうね」

「間違いござんせん。確かに婆ァさんは呆けてきておりやすが、常日頃はまだまだ

正気でおりやすから……」

「正気なら、お前さんのような怪しい髪結に大事な話はしないと思うがねえ」

「ヘッ、ヘッ、ヘッ……、そこんところは年寄りの独り暮らしを随分と助けてあげましたからねえ。これでもご近所でも好い人だと思われておりますよ」

「お前さんを好い人だとねえ……」

「何でもあっしを見ていると、七太郎という死んだ妹の息子を思い出すそうで……」

根はやさしい甥だったのに、ぐれて姿を消してしまった。もう少ししっかりと面倒を見てやればこんなことにはならなかったのではないかと悔やまれる——。

お沢はそんなことを何度か話していたと山二郎は言った。

「まあそれで、あんたも博奕《ばくち》なんぞに手を出しちゃあいけないよ。あんたを見ているとどうも危なっかしい……、なんて風にね……」

「ふッ、お前さんの危なっかしさが、かえって婆ァさんの心を開いたってわけかい」

「十五、六の子供じゃあるまいし、まことにお恥ずかしい限りで」

「まあ何でもいいよ。伊三郎の手による品は、今じゃあなかなか手に入らないから高値で売れるんだ。どれでもひとつ五両で買い取るよ」

「そいつは豪儀《ごうぎ》だ。任せてくだせえ、明日にでも探し出して手に入れておきます
よ」

「勝手に持ち出すとは、お前さんも悪い男だねえ」

「あれこれ世話をしてやったんだ。それくれえもらったって好いでしょう」

「言っておくが、うちは盗んだ品はごめんですよ」

九郎兵衛は空惚《そらとぼ》けてみせた。

「いや、お渡しする品は婆ァさんから譲られたものなんでございます」

「後で騒いでも、わたしは知らないよ」

「へへへ、後で騒いだところで、婆ァさんが時折呆けちまうってことはみんな知っ
ておりやすからどうってこたあありませんよ……」

「ふッ、ふッ、そりゃあそうだ」

くどくどと言っているが、九郎兵衛は、故・伊三郎の手による彫金の品を山二郎
に盗ませておいて、高値で捌《さば》こうとしているのだ。

「よし、そんなら人を遣《や》るから、それに渡しておくれ……」

九郎兵衛は用心深い男である。

高価な品を山二郎に持たせたままうろうろされるのは危ないと思って、屈強の用心棒に取りに行かせると言った。

「いざともなりゃあ見張りになるし、もめ事が起きた時も心強いだろうよ……」

「へい、そりゃあもう……」

「お前さんも落ち着いて事が運べるように、まず五両、前金を渡しておこうじゃあないか。残りはわたしの手許に届いてから、きっちり勘定をして渡しますからね……」

九郎兵衛は、山二郎に髪を当たらせながら、縁の上に五両の金を並べたのである。

――ふッ、小悪党めが。

その縁の下で、金の弾《はじ》ける音を聞きながらニヤリと笑う黒い影があった。

――まったくまぬけな野郎共だ。

息を潜めながら九郎兵衛と山二郎を嘲笑《あざわら》うこの男は、清次であった。

いつも定まった時分に決まり事をこなす〝懐旧堂〟の九郎兵衛であるが、これほどありがたい的はない。

鶴吉がくれた書付に従って忍んでみれば、いともたやすく銭の亡者共の悪巧みが知れた。

独り暮らしの呆けた婆ァさんから、亡夫の思い出の品を取り上げ、これを売り捌くとは何とけちな奴らであろうか——。

弱い者から金品を奪う者を、お夏も清次も鶴吉も、何より嫌って生きてきた。

——始末するまでもねえ奴らだが、さて、どうしてやろうか。

清次は闇の中で身じろぎもせず、小悪党共の話し声にじっと耳を傾けていた。


廻り髪結の山二郎が、お沢の家に盗みに入ったのは二日後の朝であった。

この日は、お沢が目黒不動に参る日であったのだ。

お沢が亡夫の伊三郎と死別した後、赤坂田町の家を引き払い、目黒の太鼓橋近くの今の表長屋の一軒に移り住んだのは、ここが目黒不動にほど近いからであった。

赤坂田町の家は小ざっぱりとした借家で、伊三郎はここに仕事場を構え、お沢は一日中伊三郎の傍にいて甲斐甲斐しく世話を焼いたものだ。

伊三郎に弟子はいたが、内弟子は置かなかった。

置けばお沢に負担がかかるだろうし、伊三郎は女房と娘のお江との一時を大事にしたかったのである。

伊三郎と暮らした一時が濃密であっただけに、お沢は良人と死別した後、一人でここに暮らすのが辛かった。

築地の八百屋に嫁いだお江が、一緒に暮らすのが気詰りなら、せめてすぐ近くの長屋に一軒借りて住めば自分の目も届くし、そうしたらどうかと言ってきた。

しかし、伊三郎は余生を過ごすには十分な貯えと、いざともなれば売ればいいと、いくつか自分の彫金の品も残してくれていた。

極めて達者でしっかり者のお沢はお江の世話になるのを望まず、若い頃から幾度となく伊三郎と来た、目黒不動の近くに越そうと決めたのであった。

移ってきたばかりの頃は、毎日のように参りに出かけたが、今はそれも三日に一度くらいに減った。

年々、家事をこなすのにも手間がかかるようになったし、脚力の衰えを克服する想いから、行人坂を上り下りする日を増やした。

そのことが、お夏の居酒屋と彼女を結びつけたわけだが、日々頭の中が呆けを伴い混乱していくお沢にとっては幸いしたといえるであろう。

この数日。

お沢はかくしゃくとして、いつも通りの暮らしを送っていた。

そして、三日に一度の勤めである、目黒不動への参詣に出かけた。

髪結の山二郎はこの隙に、お沢の家に上がり込んだのである。

近所の者達がこれを見かけたとしても、

「お沢さん、また山二郎さんを呼んでいたのを忘れているよ……」

と思うだろう。

山二郎のお沢への親切は、こう思わせるための方便であったのだ。

山二郎にとっての幸いは、近所の住人達は皆忙しく、物事を深く考えない者が揃《そろ》っていたことだ。

通りすがりに、お江の遣いの者を追い返すお沢を宥めて以来、山二郎は、

「あっしにも、苦労をかけたきりで死んじまった母親がありましてね……」

などと泣かせる台詞《せりふ》を人に聞かせては、献身的にお沢の世話をしていた。

お沢も山二郎を気に入っていたから、婆ァさんの世話をする手間が省けてよかったと、誰も山二郎を疑おうとはしなかったのだ。

そもそもこの辺りに客のいない山二郎が、度々お沢の許を訪れるのには無理があるはずなのだ。

しかし、山二郎は、この地域の連中の泰平《たいへい》に馴れた油断のお蔭でいともたやすくお沢の家に忍び込めた上に、ここにしばらくいたとて、お沢の帰りを待つふりを決め込んで、まったく疑われることはなかったのである。

山二郎は、まぬけな男ではあるが、悪知恵は働く。

お沢の家に入る時も、わざわざ、

「おっ母《か》さん、きたぜ……。あれ、また忘れているよ……」

と、独り言ちてからにした。

そして、まずそっと簞笥《たんす》の中を改めた。

そこには伊三郎が着ていたものと思われる着物が何枚か納められていたが、金具らしき品はなかった。

「婆ァさんも、そこまでは呆けちゃあいねえようだな」

山二郎は苦笑いを浮かべた。

もしやと思ったが、お沢もさすがに泥棒が入ってまず狙う簞笥には、伊三郎の遺品は入れてなかった。

「そんなら、いよいよここだ……」

米櫃《こめびつ》の蓋《か》を開けてみた。

「おっ母さんの旦那は、腕の好い彫金師だった。そうだねえ。もしも、残っている物があるなら見せてくれないかい」

前にそう言った時、

「あの人の拵えた細工物は、おいそれとは見せられませんよ。何といっても、そのお蔭でわたしも娘も米を買うことができたのだからねえ……」

お沢はそう応えたが、次に訪ねた時、莨入れの金具だけ見せてくれた。それは、小桜の絵柄が散らされた、山二郎の目から見ても素晴らしい出来であった。

「おっ母さん、こいつは大した物だ。盗まれないようにしねえとな……」

その時は、そんな風に言って別れたのだが、外へ出てからそっと中の様子を覗いたら、お沢は台所にいて、何やらごそごそしていた。

伊三郎の細工物で米が買えた。そう言う限りは、これを今でも米が寄るとの想いから、米櫃に隠しているのではないか――。

以来、そんな気がしていたのである。

山二郎は米の中に手を突っ込んでみた。

「ふッ、ふッ、他愛もねえや……」

中に手ごたえがあり、油紙に包まれた物が出てきた。

そこから莨入れ、帯留の金具に、目貫、簪、刀剣の鍔《つば》など合わせて六点が出てきた。

「これで三十両……。いや、もう少し色をつけてもらおう」

ほくそ笑んだ時であった。

「ちと物を訊ねるが、これにお沢殿がいるか。某《それがし》は、以前伊三郎殿にひとかたならぬ世話になった者でな……」

家の表に人影を見た。

──なんだ、今入ったばかりというのに。

九郎兵衛が遣わすといっていた屈強の用心棒は、もう半刻《とき》(約一時間)くらいしてから訪ねてくることになっていた。

まったくせっかちなことだ。すぐに見つかったからよかったようなものを──。

山二郎は、表の戸を開けた。

今の訪《おとな》いの言葉が合図であった。

「何です旦那、ちょいと早過ぎるんじゃあありませんかい……」

山二郎は浪人を迎え入れた。いかにも屈強そうな浪人であった。

「うむ……？」

しかしその浪人は首を傾げて、

「おぬしが山二郎か……」

怪訝な顔をして山二郎を見た。

「へい、その山二郎で……。ヘッ、ヘッ、早くきてくださって幸いでしたよ。あっしは早速お宝を見つけやしたからね……」

「お宝を……？」

「へい……」

山二郎はまったく疑っていなかったが、この浪人は〝懐旧堂〟の九郎兵衛が遣った浪人者ではなかった。

――こ奴め、何かを企んでおるな。

それならば、こっちも成りすましてこ奴の企みを暴いてやろうと咄嗟《とっさ》に思い立ったこの浪人者の正体は、あろうことか南町奉行所定町廻《じょうまちまわ》り同心・濱名茂十郎《はまなしげじゅうろう》であった。

今日、ここへやってきたのは、居酒屋の女将・お夏に頼まれてのことであった。

少し前に、同じ南町の臨時廻り同心が欲に目が眩《くら》み、盗賊が隠したお宝を横領せんとして、その悪巧みを偶然聞いてしまった夜鷹を殺害した。

その夜鷹がお夏の店の常連であったことから、茂十郎は、それを機にお夏の居酒屋を覗くようになった。

それが昨日、見廻りの中に立ち寄った時、お夏につかまった。

お夏はお沢の現状を憂《うれ》い、あれこれと茂十郎に相談を持ちかけたのであった。

特に、髪結の山二郎は、お沢の家の近所では評判が好いが、呆けてきた年寄りから何か奪いとろうとしている輩《やから》かもしれない。このところは体調もよく正気でいるようだから、一度お沢に会ってあれこれ意見をしてやってくれないかというのだ。

だが、八丁堀同心の姿で訪ねればお沢が恐れを抱いて、また正気を失うかもしれないから、まずは、かつて伊三郎と懇意にしていた者だと言って、そこから心をほぐしてやりつつ、やがて身分を明かして意見をする――。

「旦那、どういうわけかその婆ァさんに関わっちまいましてねえ、あたしもくそ婆ァだが、年季の入った婆ァさんには位負けしてしまう。人助けだと思って、お願いしますよ……」

こう言われては、そもそもが町の治安を司る濱名茂十郎である。是非もなかった。

お夏には見廻りの度に、あれこれ町の様子を教えてもらっているし、話をするに、微行《びこう》で婆ァさんに会ってみるのも少しおもしろそうであった。

それでお夏に連れられこの家までやってきた。表でニヤリと目配せして訪ねてみたところ、このような展開となったのだ。

今、お夏は表で息を潜めて、茂十郎がいかにお沢に意見をするかと中の様子を窺っているはずだが、思わぬ成り行きに目を丸くしていることであろう。

そう思うと茂十郎はおかしかった。

「婆ァさんはどうだ……」

茂十郎は山二郎に誘い水をかけた。

「へい。まだまだ帰っちゃあきませんよ」

「そうかい。ひょっと、帰ってきちゃあいけねえと思って早いめに来たが、山二郎、お前はなかなか大したもんだな」

いざ探りを入れると、さすがは八丁堀同心である。無頼浪人ぶりも堂に入っている。

「まあ、これくれえのことはわけもありませんや」

山二郎は油紙の包みを掲げてみせた。

「そいつがお宝かい」

「へい、合わせて六つありやしたぜ」

「他にも隠しているかもしれねえぜ……」

「おっと、旦那の仰《おつしや》る通りだ」

「婆ァさんがまだ帰ってこねえなら、もうちょっと探してみたらどうだ」

「へい。そんなら旦那、見張っててやっておくんなさいまし」

「任せておきな」

山二郎は押し入れを調べ始めた。

茂十郎は、呆れたようにその姿を眺めて門口に立った。

――なるほど、この山二郎って野郎は、婆ァさんを手なずけて、何か盗みだす算段か。

お夏の洞察力は大したものだと茂十郎は心の内で唸った。

初めて会った時から、お夏という居酒屋の女将には、世の中の裏と表を見つめて生きてきた女の凄みを覚えたが、山二郎を一目見て、

「気に入らぬ奴」

と思って自分に相談したのはお手柄ものだ。

茂十郎は、見張る振りをして、戸を細めに開けると、外できょとんとした表情で見つめてきたお夏に、下がっているように手振りで伝えた。

お夏は察しが好く、お沢の家の表から下がって、路地にその身を隠した。

察しが好くて当然である。

お夏は清次の報せを受けて、ここへ濱名茂十郎を連れてきたのだから。

南町の切れ者・濱名茂十郎も今の偶然が、お夏によってお膳立てされたとは、知る由もなかったのである。

「おう、何か見つかったか……」

茂十郎は声に凄みを利かせて、家の中の山二郎に言った。

「へい、今のところはまだ何も……」

押入れの中から、山二郎の返事が聞こえたその時であった。

「お沢殿はいやるか……。某はかつて伊三郎殿にひとかたならぬ世話になった者でな……」

家の表から新たな来訪者の声がした。

「ヘッ……」

その刹那、押入れの中から狐《きつね》につままれたような顔をした山二郎が顔を出した。

ここに来て、茂十郎は意を決した。

がらりと勢いよく戸を開けるや、刀を鞘《さや》ごと腰から抜いて、

「えいッ！」

とばかりに、その鐺《こじり》で浪人者の腹を突いた。

「うむ……！」

不意を衝かれて、その場に屈み込む浪人に素早く縄を打つと、茂十郎は懐《ふところ》に隠し

持った十手を掲げて、

「髪結・山二郎、神妙にお縄を頂戴《ちょうだい》いたせ……」

　ぐっと睨みつけたのであった。

六

　お沢から伊三郎の遺品を盗もうとした廻り髪結の山二郎は、南町奉行所定町廻り同心・濱名茂十郎に召し捕られた。

　古道具屋〝懐旧堂〟主・九郎兵衛、その用心棒で運び屋を務めていた浪人も次々と牢に放り込まれて、

「女将、お前のお蔭で悪事の芽を摘み取ることができたぜ……」

　茂十郎は、お夏のお沢に対する世話を称えた。

　独り暮らす年寄りは、周りの住人達が構ってやることで安らかに暮らしていけるのである。

　少しばかりうまくいき過ぎたきらいがあるが、犯罪がおこりそうな気配をお夏

という女は勘でわかるのであろう。だからこそ、同心の自分に相談を持ちかけたのだ。

茂十郎は不思議なくそ婆ァだと改めて思い知った。

さて、お沢であるが——。

山二郎が家の中で捕えられたわけであるから、そっとしておくことも出来ず、茂十郎が番屋へ呼んで説諭した。

年寄りの独り暮らしにはあらゆる危険が付きまとうゆえ、安易に人を信じずに、近所の者達と仲好くするよう、言い聞かせたのである。同時に近隣の者達にも山二郎のような者をたやすく受け入れた不注意を叱った。

時折、今と昔の区別がつかなくなって正気を失うお沢であったが、この時ばかりは亡夫の品が盗まれそうになったと知って、神妙に茂十郎の話に耳を傾けた。

この場には、娘のお江も同座した。

お夏の願いで、お沢には今度の一件がお夏の相談を受けてのことだとは知らせずにおいたが、茂十郎は、娘のお江の許で暮らすのが一番だというお夏の意を自分の言葉としてお沢に伝えた。

「はい……。おやさしいお言葉をちょうだいいたしましてありがとうございます。やがてはそうさせていただこうかと存じますが、今はまだ何とか足腰もしっかりといたしております。もう少しの間、亡くなった主人が好きでございました、目黒のお不動様の近くに暮らしとうございます。どうぞ、ご慈悲を賜《たまわ》りとうございます……」

しかし、お沢はしっかりとした口調で涙ながらに願った。

茂十郎はそれを哀れに思い、とりあえずその場は、

「今すぐにとは言わぬが、いずれは何をいたすにも満足に動けぬようになろう。よく考えるがよい」

と言い渡して済ませた。

お江はこの機に乗じて築地に来ることを勧めたが、

「築地からではお不動さんは遠すぎるよ……」

娘の想いに感謝しつつもやはりこれを拒んだ。

「いずれ足腰が立たなくなったら、大八車にでも載せて、連れていっておくれ。そのまま山へ捨ててくれたって構いやしない」

にこやかに話しながらも、お沢の表情には頑とした決意が漂っていた。

後で濱名茂十郎から、お夏が気遣ってくれたお蔭で悪事が未遂に終わったと聞いて、お江はまた、国分の煙草に礼を添えてお夏の居酒屋を訪ねた。

「今度ばかりはと思いましたが、なかなか動いてはくれません……」

お江は苦笑いを浮かべて、この先も何かの折はよろしくお願いしますと何度も頭を下げた。

お夏は煙草だけを受け取り、礼金は首を振ってお江に戻して、

「よほどお不動さんに想いがあるんですねえ」

あくまでもこの地にこだわるお沢に想いを馳せた。

「まるで、幸せな暮らしを送っちゃあいけないと思い込んでいるかのようだ……」

お江はお夏の言葉に、

「そうなのかもしれません……」

ぽつりと応えた。

「どういうことです？」

「いえ、おっ母《か》さんは、若くして死んでしまった妹を哀しんで、よく、わたしだけ

が好い想いをして申し訳がないよ……。などと言っていましたから」

お江は、懐かしそうに言った。

「ふッ、ふッ、口ではそう言っても、人ってものは手前が一番かわいいものだからねえ……。独りでいるのが気楽なんじゃあないんですか」

お夏は笑って応えたが、お江が帰って行った後、煙管で煙草の煙をせわしなく吐き出しながら何やら思い入れをしていた。

山二郎の件があったとはいえ、少し日が経つと、お沢が住む太鼓橋近くの表長屋の住人達は、もうすっかりとお沢への気遣いなど忘れてしまっていた。

町方同心が賊を捕えた直後であれば、かえって用心も好くなったはずだ――。

あの豆腐屋の女房を始めとして、この辺りの住人はどんな時も物事を都合好く捉えるようだ。

お沢は、相変わらず天人と話をするような表情で、昔話をしてみたり、時に呆けた行動をしたものの、まだ話は通じるし、目黒不動へ出かけることも忘れず、足取りもしっかりしていた。

以前に比べると、近所の住人達がお沢に声をかける回数ははるかに増えたが、亡夫が遺した彫金の品も、日頃髪に挿している平打の簪の他は、そっくり娘のお江に預けたというし、皆、さして気にもしなかったのだ。

お沢もそれ幸いとばかりに、独り暮らしを淡々と続けていた。

食事も自分で拵えた。

隣りは豆腐屋であるし、お江が米、味噌、塩などが届けられるように、手配をしてくれていたので、年寄り一人の食事くらいはどうにでもなった。

時にはお夏の店に食べに行こうかとも思ったのだが、先日の騒動はお夏と店の常連達の耳にも届いているであろうから、何とはなしに行き辛かったのである。

時折正気を失うお沢であるが、まだそれくらいの恥じらいや遠慮は失っていなかった。

仏様が生かしてくださるまで、その日その日を過ごしていこう——。

お沢はそうして今日を生きた。

小雪が散らつくある日の未明のこと。

お沢は夢を見た。

ふっと目が覚めると、一人の女の影が枕頭《ちんとう》にあって、お沢にやさしい目を向けていた。

お沢は恐ろしさよりも、まず懐かしさを覚えた。不思議な心地であった。

暗がりで女の顔はよくわからなかったが、女は小さな声で、

「お姉さん……」

とお沢を呼んだ。

「お滝ちゃんかい……」

お沢は布団から上体を起こした。

「風邪をひくわよ……」

女は布団の脇に置いてあった半纏を、そっとお沢の肩に載せた。

暗闇に動く女の立居振舞はしゃきしゃきとしていて美しく、お沢は女を妹のお滝だと確信した。

「お滝ちゃん……。会いにきてくれたのかい……」

いつしかお沢は、若き日の自分に戻っていた。

「お姉さんに食べてもらおうと思って、拵えてきたのよ」

お滝は、小皿に載せた餡餅をそっとお沢の目の前に差し出した。

「これをわたしに……」

「そうよ。お姉さん、わたしが拵える餡餅はおいしいって、いつも言ってくれたじゃないの……」

「それはそうだけど……」

「どうしたの」

「あんたは、わたしのことを怒っていると思っていたから」

「わたしがお姉さんを? そんなことはないわ」

「でも……。わたしはあんたにひどいことをしたわ」

「ひどいこと……」

「あんたが好きだった伊三《いさ》さんを、取り上げてしまった……」

お沢は謡曲の〝くどき〟のごとく、低い声で切々と心の奥底に溜まりに溜まった妹へのわだかまりを語った。

子供の頃からお沢とお滝は仲の好い姉妹であった。

何でもてきぱきとこなし、万事そつがないお沢に憧れて、お滝はいつも付いて回ったものだ。

美しい姉妹は町内でも目を引き、子供の頃からちやほやされたりまた妬まれて苛められたりもした。

年頃になると、言い寄る男も多かったが、そんな二人を兄のように見守ってくれたのが、近所に住む彫金師の倅・伊三郎であった。

互いの親同士が仲が好く、三人は兄妹のように育った。

親に連れられてから、すっかりと目黒不動への参詣を気に入ってしまったのが妹のお滝で、お沢はよく付き合ってやったのだが、

「伊三さん、わたしとお滝ちゃん二人じゃあ何だかおっかないから、ちょいと用心棒になっておくれよ……」

そんな時は、よく伊三郎に無理を言って付き合ってもらった。

境内《けいだい》の露店を冷やかしたり、名物の飴《あめ》を買いに行ったり、はしゃぐ二人を嫌がりもせず、少し離れたところにいて見守ってくれた伊三郎は、本当の兄のようであった。

だが、年頃になるとその想いにも新たな感情が生まれてくるものだ。

姉のお沢は、お滝が伊三郎に恋心を抱いているのをすぐに解した。

お沢は伊三郎を兄のような存在としてしか見ていなかったから、

「お滝ちゃん、伊三さんのお嫁さんにしてもらったら」

などと冗談交じりに言ってからかっていたのだが、お沢と違って引っ込み思案なところのあるお滝は、

「嫌だわ。お姉さんたら、からかったりして……」

想いはすれど、冗談で済ませてしまっていた。

だが、お滝の様子は大人にはすぐに知れる。

親達が、それなら伊三郎とお滝を一緒にさせればどうだと、酒の席で話題が出始めた頃。

お沢は急におもしろくないものを覚えた。

今までは兄としか見てなかった伊三郎への恋情が噴き出したのである。

今なら、お滝の伊三郎への恋心を、ただの冗談だと思っていたと済ませられる。

「わたしは、お滝ちゃんが伊三さんを好きだってことを知っていたのに、いつになったら嫁にもらってくれるの……。なんてわたしの方から伊三さんに言ってしまっ

たんだよ」

お沢は吐き出すように伝えると、双眸《そうぼう》を涙で濡らした。

伊三郎の方も姉妹をそんな風には見ていなかったが、お沢の想いを知ると情が湧いて、女として見るようになった。

伊三郎は彫金の腕も世間に認められ始め、彼に言い寄る女も多かったから、お沢には目がいかなかったのだが、考えてみるとお沢と所帯を持つことが自然である。

お滝は伊三郎よりも六つばかり歳が下であったから、三つ下のお沢の方がしっくりときたし、お滝とはこの先かわいい義妹として会えるのであるから何よりだと思った。

つまり、伊三郎はお沢から思いの丈を知らされたことで、お滝をもう妹としてしか見られなくなったのである。

「わたしは仲の好い、わたしを慕ってくれた妹のあんたを裏切ったんだよ。許しておくれ……」

伊三郎が、お沢を嫁にもらいたいと男らしく自分から申し出た時、お滝は平然として、

「お姉さん、よかったわね。伊三さんが他の人と一緒にならなくて、わたし嬉しいわ……」

お沢の裏切りを疑わず、お沢の好物であった餡餅を拵えて祝福してくれた。

しかし、その実お滝は悲しくて悲しくて、人知れず枕を涙で濡らしていたのだ。

お沢は陰で涙する妹の姿を何度となく見て、

「とんでもないことをしてしまったと思ったよ。でもねえ、気が付いたらわたしは伊三さんが本当に好きになっていたんだよ。妹のあんたにさえ、渡したくはなかったんだよ……」

お沢はお滝に手を合わせた。

するとお滝はその手をとって、

「お姉さん、気にすることはありませんよ。わたしも伊三さんが好きだったけれど、きっとわたしの想いよりもお姉さんが伊三さんを想う気持ちの方が大きかったんだわ。だから伊三さんもお姉さんを嫁にと望んだのでしょう」

ゆっくりと首を横に振った。

「お滝ちゃん……、わたしを恨んでいないのかい」

お沢は暗闇の中、まじまじとお滝の顔を見つめた。

「ええ、ちっとも恨んでないわよ」

頰笑むお滝の顔は、正しく子供の頃、お沢の傍に引っ付いて離れなかった、遠い日のお滝のものであった。

「そんなことで思い悩んで……。お姉さんは馬鹿ねえ……。はい、餡餅を食べてちょうだい」

そして、お滝に勧められるがまま、お沢は餡餅を口に入れた。

「おいしいよ……。お滝ちゃんは餡餅を拵えたら誰にも負けなかったよね。おっとりとしてきれいで……。わたしはそんなあんただから、伊三さんを取られるのが怖かったんだよ……」

お沢は口に頰張りながら、またくどくどと謝った。

「お姉さんも、色々と大変だったのよねえ……」

お滝は労るようにお沢の肩に手をやると、

「ふふふ……」

と、楽しそうに頰笑んだ。

夢はここで終った。

気が付くといつもの朝であった。

しかし、お沢の口中には餡餅の甘い味わいがほのかに残っているような気がして、しばらくの間、

「お滝ちゃん……」

お沢は妹の名を呟きながら、辺りをうっとりとして見回していた。

それからしばらくして、お沢はお江の嫁ぎ先である築地の八百屋に住まいを移した。

日々、物忘れがひどくなっていったが、その表情には屈託がなく、いつも幸せそうな笑みを浮かべていた。

体の調子の好い時は、娘のお江に伴われて目黒不動へお参りに出た。

お江をお滝と間違えることも度々であったが、その帰りには必ずお夏の居酒屋へ立ち寄った。

お夏には前もってお江からその日が知らされていて、居酒屋ではいつも餡餅が出た。

お沢は実に美味そうにそれを食べると、

「あんたはほんにきれいな人だねえ……」

お夏の顔を見つめて、つくづくと言った。

第四話　あら塩

一

「お夏さん、お酒をちょうだい！」

まだ日が高いというのに、お春が少しかん高い声を店の内であげた。

「おやおや、こんな時分から珍しいじゃないか……」

お夏は別段止めようともせず、枡《ます》に酒を注いだ。

「ちょっと景気をつけてから馬鹿の倅に意見をしてやろうと思いましてね……」

馬鹿な倅とは、仏具店〝真光堂〟の主・徳之助のことである。

「あんたの倅は馬鹿だったのかい」

お夏はニヤリと笑って、お春が腰かける長床几の脇に枡を置いてやった。

「ええ、馬鹿だったんですよ。近頃では先代に負けないほどしっかりしてきた、なんて言われているみたいだけど大馬鹿ですよ……」

お春は忿懣《ふんまん》やる方ない。

というのも、得意先の慶弔事について、今までは逐一お春に相談していたのが、このところ徳之助は嫁のお登勢《とせ》に任せてしまって、結果だけを報せるようになったそうな。

以前からお春はそれがおもしろくなかったのだが、この度は報告さえも忘れ、ある得意先の長男の成婚を人伝に聞いて、

「もう黙ってはいられません！」

と、倅への怒りを爆発させたというわけだ。

「そのお得意とのご縁は、わたしと亡くなった主人が苦労を重ねて築きあげたものです。うっかりしていたでは済まされませんよ。日頃から好い気になって親をないがしろにしているからこんなことになるのですよ」

お春は右手で枡を掲げて息まいた。

「それで、酒をひっかけて勢いをつけて、倅のところへ殴り込みをかけるのかい」

「ええ、お夏さん、そういうことです。ああ、好い香りだこと……」

四十半ばにして、未だに大商家のお嬢様の風が漂うお春であるが、その実なかなか〝いける口〟で、酒と枡の木の香をまず同時に楽しんだ。

「何かあてはいりますか……」

清次が板場からにこやかに声をかけた。

怒っていても、お春の姿からはほのぼのとしたおかしみが漂い、周りの者達の心を和ませるのである。

「清さん、ありがとう。これしきのお酒に肴はいらないわ。そうね、あら塩をもらおうかしら」

お春は力強く言って、左手を広げて差し出した。

「へい。畏《かしこ》まりました……」

清次はお春の白い小さな掌《てのひら》に、ひとつまみのあら塩を載せてやった。その様子を横目に見て、

「ほう、あら塩で一杯ひっかけるなんて、なかなかのもんだね」

お夏は感嘆した。

「ええ、なかなかのもんなの……」

お春はあら塩を口に含むと、枡酒を一気に飲み干して、

「お夏さん、清さん、お蔭で勢いがついたわ。また後で寄りますから」

好く回る舌で高らかに言い放つと、足取りも軽く店を出た。

「まったくおかしな人だね。手前の倅を叱るのに、わざわざここまで飲みに来たようだよ……」

お夏はその後ろ姿を見送りながら失笑した。

店には三人ばかり客がいて、遅いめの中食をとっていたが、皆一様にこれに倣った。

「あら塩で枡酒といえば、思い出しますねえ……」

お夏の傍らで、清次がぽつりと言った。

お夏はその言葉に大きく頷くと、

「ほんとだねえ……」

懐かしそうな目を清次に向けた。

二人はふっと笑い合った。

お夏と清次の胸の内には、一人の男の姿が浮かんでいた。

今はもう優に六十を超えているだろう。

酒好きで、

「あれこれ食ったら酒がまずくなるよ。あら塩をなめるくれえがちょうど好いんだよ……」

それが口癖であった。

酔っ払ってくると、

「やはり一味違うねえ、赤穂《あこう》の塩は……」

しみじみと語りながら、相模の塩をなめていた――。

そんな姿も愛敬があって、

「あら塩の佐兵衛《さへえ》」

「あら塩の父《とっ》つぁん」

などと呼ばれて親しまれていたものだ。

「達者にしているのかねえ……」

そんな佐兵衛を瞼《まぶた》の内に思い描きながら、お夏は呟いた。

清次はこれを聞き逃さずに、

「一度会ってみてえもんですねえ」

彼もまた宙を見つめて、佐兵衛の面影を求めた。

「そっとしていたが、もうそろそろ会っても好いかもしれないねえ」

お夏はそう応えると、床几の上を雑巾で拭き始めた。

文政三（一八二〇）年の年が明けた。

お夏は独り者の連中が寂しがらぬように、正月から店を開けて、雑煮を出してやった。

元旦はすまし汁に大根、芋、菜、昆布に切り餅を入れたもの。

二日めは、丸餅に白味噌の上方風。

三日めはまた、すまし仕立に戻す。

そんな具合に工夫をするのだが、今は松の内も過ぎて、世の中は浮かれ気分も消え落ち着きを見せ始めていた。

そして、今年こそはというそれぞれの想いを胸に、店の常連の表情には勢いがあった。

そういう時分だけに、昔懐かしい人に今年こそは会ってみたいという想いが、お夏の心の中に広がっていた。

去年の暮れには、日に日に物忘れが激しくなり、賊に亡夫の遺品を掠《かす》め取られそうになった〝小粋な婆ァさん・お沢〟の一件があっただけに、〝あら塩の父つぁん〟のことが、お夏はどうも気になっていたのである。

二

佐兵衛のことを語るには、まずお夏と清次の昔に触れねばなるまい。

お夏の父親は長右衛門《ちようえもん》といって、小売酒屋〝相模屋〟の主であった。

あれこれ苦労を重ねて、浅草東本願寺裏門前で酒屋を営むようになるのだが、情に厚い男伊達《おとこだて》で通っていた。

商売を始めた時は、女房のお豊《とよ》と二人だけの小さな枡酒屋であった。

お豊も長右衛門と同じで身寄りがなく、馬喰町《ばくろちよう》の旅籠《はたご》で女中をしていたところを長右衛門に見初められて一緒になった。

何事もそつなくこなし、気働きの出来るところが気に入ったというが、長右衛門の見た通り、他人の世話をするのが好きで店を空けがちな長右衛門に代わってお豊は〃相模屋〃をよく守った。

長右衛門の人徳と、お豊の商売上手とがうまく合わさって、酒屋は繁盛するようになった。

二人の間にはお夏が生まれ、お夏が物心つく頃には、何人かの奉公人がいる酒屋へと構えを大きくしていた。

長右衛門は、貧困や親の無法で、世間から弾き飛ばされることを余儀なくされ、いたずらに差別を受け虐《しいた》げられる者達に手を差しのべた。

そんな連中を見かけては声をかけ、あれこれと世話を焼いたのだ。

その初めの一人が佐兵衛で、博奕場をうろついて掠りにありつくやくざ者であったのだが、

「おう兄《あに》さん、おれの店はな、人足や駕籠舁きなんぞに、一合、二合の酒も量り売りをするような枡酒屋だ。そんな荒くれ相手にはお前のような強《つえ》え男がいてくれると助かるんだ。どうでえ、うちの番頭になっちゃあくれねえか」

ある日、賭場に顔を出した長右衛門は、そう言って佐兵衛を誘ったという。

佐兵衛はやくざ者だが、賭場で熱くなる堅気の者を見かけると、

「ここは手前《てめえ》なんぞが来るようなところじゃあねえんだ。失《う》しゃあがれ！」

と殴りつけて追い返す俠気《きようき》を持ち合わせていた。

口では気に入らねえ奴だ、それで殴りつけてやったとは言っているが、博奕で身代を失う愚を起こさせないやさしさゆえの振舞だと長右衛門は見ていて、

「おれは奴を気に入っているのさ」

と、日頃から言っていた。

佐兵衛もまた、押し出しが強くただの酒屋のおやじとも思えぬ長右衛門に、以前から一目置いていたから、こう言われて話に乗った。

いつまでも賭場をうろついて暮らしてもいられないだろうし、小僧、手代をとび越えて番頭になれるのなら悪くない。

何といっても、あれこれ話すうちに、佐兵衛はすっかりと長右衛門という男に惚れてしまったのだ。

「おれみてえな男を番頭にするとは、まったく旦那はめでてえ人だなあ……」

そう言いながらも、荒くれ相手に軽口をたたいたり叱りつけたりしながら枡酒を売る暮らしが次第に楽しくなってきた。

自分の性に合っているし、それが真っ当な仕事なのだからこれほど都合の好いことはない。

長右衛門が不在時に荒くれ共がたむろしていると女、子供、年寄りが近寄りづらいという店の欠点も、佐兵衛が連中に睨みを利かすことで解消された。

「やはりおれの睨んだ通りだったよ。お前のお蔭で店は大繁盛だ。店の酒はいくら飲んだっていいぜ……」

長右衛門は何かというとそう言ってくれたから、佐兵衛は店仕舞にすると、

「旦那、それじゃあ一杯ちょうだいいたしますよ。なあに、あっしはあら塩をなめるだけでよろしいんで……」

と、手の甲に塩を盛って好きな酒を枡に充たして美味そうに飲んだものだ。

そのうちに、長右衛門は恵まれぬ境遇に生まれ、ぐれかけた若者をどこからか連れ帰ってきては、小僧、手代として佐兵衛の下につけた。

名ばかりではなく、若い連中から、

「番頭さん」

と呼ばれるようになった佐兵衛は、荒くれ相手の量り売りだけではなく、商家や武家に酒を届けるまでに変わっていく〝相模屋〟の番頭らしくあらんと心がけるようになった。

元より頭の好い男であったから、荒くれ以外の客と口を利く時は、商人らしい物言いに改めるようになったし、読み書き算盤《そろばん》も、そっと長右衛門とお豊に習って、たちまち一通りこなせるようにもなった。

「伝法な物言いだけじゃあ了見が狭いってもんだ。相手によってきっちりと言葉を遣い分けられる……、そいつが何よりも恰好の好いことなんだ」

そしてそれが我が身を助けるのだと、長右衛門は〝相模屋〟の者達に教え込んだのである。

元はというと、やさぐれていた男共が寄り集まっている〝相模屋〟は、商人としての表の顔と、男伊達としての裏の顔を巧みに使い分けられる不思議な酒屋となっていた。

やがて清次もその一員となった。

清次は十歳の時に二親を次々と亡くし、世の中に踏みにじられてその行き場を盛り場、悪所に求めた。

無慈悲で冷淡な周りの大人から逃れて、自活の道を選んだのだ。

やくざ者であろうが、得体の知れぬ遊び人であろうが、うまく取り入って使いっ走りをすれば小遣い銭にありつける。

その方がよほど気楽だと子供ながらに悟ったのだ。

幸いにして清次は、生まれながらに強靭《きょうじん》な体を持ち合わせていた。盛り場で破落戸《ならずもの》に叩き伏せられてもへこたれなかったし、強い相手からは逃げるに限ると思い決めると、自らにすばしっこさと身軽さを求めて修練を積んだ。

その結果、誰も追いつけぬ足の速さと、木や塀をよじ登る猿のごとき技を身につけるようになったのである。

悪人達にとっては、そんな子供の存在は真に便利である。

使いっ走りに加えて、ちょっと危ない品を運ばせたりするようになってきた。僅かな銭を与えておけばよいのだから尚さら使い勝手が好い。

まだ、ほんの子供ながら、

「おう、兄さんよ、頼まれてくれるかい」

などと言われると気分がよかったし、僅かな小遣い銭でも数が重なると、それなりの稼ぎになった。

清次はすっかりと一端の渡世人気取りになってきたが、

「お前、今のままじゃあそのうちに使い捨てにされるぜ……」

と、ある日声をかけてきたのが長右衛門であった。

ねぐらを転々としながら、盛り場で暮らす子供の姿が前々から気になっていて、長右衛門は、時折清次に用を頼んで小遣い銭をやったりしていた。

大概の場合は、外出の間に〝相模屋〟に連絡をとりたい時などの繋ぎ役を任せるのだが、清次はこれをそつなくこなしたし、純な心をも失っていない様子が見てとれた。

長右衛門は用を頼むことで清次の人間味を確かめ、このまま盛り場で悪人たちにいいように使われては命取りになると考えて、

「悪所にいる連中には気の好い奴らもいるが、そもそもろくでもねえ野郎が寄り集まっている所には違《ちげ》えねえんだ。必ず子供のお前は痛《いて》え目を見るよ……」

と、諭したのである。

だが清次は、自分の素早さ、身軽さに自信を持っていたから、

「そんなら小父《おじ》さんは、おれをどうしてくれるんだい。食わしてくれるとでもいうのかい」

などと小癪《こしゃく》な口を利いた。

「ああ、食わしてやろう。おれの店の小僧になれ」

長右衛門は、〝相模屋〟がいかにおもしろい酒屋であるかを説き、連れて帰ろうとした。

しかし、清次には長右衛門の言う意味が今ひとつわからないし、二親に死に別れてから世話になった親類の米屋では牛馬のごとくこき使われて逃げ出した思い出がある。

商家には好い想いを持てなかったのだ。

それゆえに、

「小店《こだな》の小僧になんかなりたかねえや、すばしっこくて身軽なおれだ。どうやったって生きていけるさ」

と、太平楽を言った。

だが長右衛門はひとつも怒らずに、

「そんなら兄さん、おれからきっちりと逃げられるかい……」

そう言って挑発すると、ニヤリと笑った。

清次はむきになって、

「おれを甘く見るんじゃあねえやい」

と、言い返すや駆け出した。

細い路地を清次は駆けに駆けた。

ねずみが溝を走るがごとく、それは見事にすばしこい。

しかし、驚くべきことに、今まで一度も大人に追いかけられて逃げ通せなかった例《ためし》のない清次が、長右衛門からはどうしても逃げ切れない。

「ここまで来ればもう追ってはこないだろう……」

小路に逃げ込み、ほっと一息つくと、

「おい、お前のすばしこさはそんなもんなのか……?」

もうそこには長右衛門の姿があるのだ。

塀をよじ登って路地の向こうに消えても、長右衛門もまた軽々と塀を飛び越えてついてくる。

ついには首根っ子を押さえられて、

「いいか、お前の技はこれくれえのもんなんだよ。それを覚えておくがいい……」

と、説教された。

だが、長右衛門の声は温かく、表情はどこまでも穏やかでやさしかった。

子供相手に駆けっこをしてくれた大人に出会ったのは初めてで、清次は長右衛門という大人に初めて気を許し、心を開いたのであった。

それから清次は、清吉《せいきち》という名で〝相模屋〟の小僧になって働き始めた。

この時、長右衛門の娘・お夏は十四になっていた。

お夏は勝気で男勝り。

長右衛門から清次のことを、

「随分と、すばしっこい奴なんだぜ……」

などと聞かされていたらしく、店に入るや、

「ちょいと清さん、あたしと駆け競《くら》べをしようよ」

勝負を挑まれ、これもまた見事に負かされたものだ。

肉親の愛情に恵まれなかった清次は、お夏を姉のように慕い、小うるさいが、何かと面倒を見てくれる番頭の佐兵衛を親類の気の好い叔父のように頼ったのだ。

そして、長右衛門とその女房のお豊は、父、母以上の存在となる。

何事にも要領の好い清次は、その後、小僧から手代となって元服し、この店で大人になっていくのだが、男気があって人助けに生きる長右衛門の許にいることが何よりの誇りであった。

おまけに、素早さ、身軽さではまるで敵わなかった上に、娘のお夏にも負かされてしまった。

「旦那様は、いったいどういう人なのです？」

清次は小僧となってしばらくしてから、長右衛門に訊いてみた。

主人に向かってそんな話が出来る――それが〝相模屋〟であった。

その時長右衛門は、

「ふッ、ふッ、人に知られたら気持ち悪く思うから余所《よそ》で言うんじゃあないぞ……」

と前置きして、あれこれ昔の話を語ってくれた。

「おれも清次と同じだ。二親に早く死に別れてなあ……」

長右衛門は、相模の国の水呑み百姓の子として生まれた。

境川の上流の細長い低地に広がる村で、家は僅かな田畑を耕していたのだが、長右衛門が十二歳の折に父、母ともに相次いで亡くなり、伯父の家で育てられる。

だがこの家も貧しい百姓の家であることに変わりはなく、厄介者扱いされた上に、僅かな田畑も言葉巧みに取り上げられてしまった。

長右衛門は十五の折に、この理不尽に怒り、伯父とその息子を棒で殴りつけて出奔した。

それから山間《やまあい》を放浪するうちに、足柄山で山賊の一群と遭遇して仲間にされた。

「おれも清次のようにすばしこい小僧だったから、使いっ走りをしながら飯を食わしてもらったのさ……」

しかし、山賊とはいえ気の好い連中だと思ったのも束の間、簡単に人を殺して物品を奪う姿をまのあたりにして、長右衛門は連中から逃げたのである。

それを見つかり、捕えられて殺されそうになったところを一人の浪人に助けられた。

この浪人は、かつて名だたる剣客であったのだが、生き別れになっていた弟を、それとは知らず真剣勝負で斬ってから、世俗を捨て山に庵《いおり》を結んで暮らしていた。そして、時に山で道に迷い難渋している旅の者を助け、亡き弟の御霊《みたま》を慰めていたのであるが、浪人は山賊達の中に埋没せずに、ここから出ようとした長右衛門を称えてくれた。

長右衛門は、あっという間に手にした鉄の杖で四人の山賊の足を砕き、二度と山中を跋扈《ばっこ》出来ぬように退治したこの浪人に憧れ、頼み込んで弟子にしてもらった。

それから十年の歳月を長右衛門は山で過ごして、師も唸るほどの武芸の技と、脚力、跳躍力を身につけた。

そのまま山の男として妻を娶り生きていこうと思ったが、師はその死を迎えるに当たって、

「お前の強さを、力なき者のために役立ててくれ。お前が伯父を憎んだように、世は力なきために辛く悲しい想いをする者であふれている。正義が弱い者を助けてやれるとは言えぬぞ。法は力ある者の都合好きように定められているとも言える。時にはそれを乗り越えてでも、弱い者の味方をする男となってくれ。お前ならばそれ

ができよう……」

長右衛門に、そう言い遺したという。

その言葉に感銘を受けた長右衛門は山を降りた。

そこから方々を廻って江戸へと入り、今にいたったのだと言った。

清次はそれを聞いて心が躍った。

本当はこのお人はとんでもなく強い人なのであろう。そう考えると、お夏の男顔負けの身のこなしが親譲りであることも頷けたし、自分もまたこの旦那の傍にいれば強い男になれる——。

その望みを胸にして、清次は〝相模屋〟で働き、日々の暮らしを送った。

表の顔は町の者達に安くて美味い酒を商う〝清吉〟として、裏の顔は、長右衛門の人助けを手伝う男伊達として——。

それは、長右衛門が病に倒れて亡くなる十年ほどの間でしかなかったが、彼にとって本当に夢のような毎日であった。

その間に起こった長右衛門の女房、お豊の突然の死は、〝相模屋〟に拠《よ》る者達の人生に暗い影を投げかけたのであるが、その一件はこの物語の中で、いずれ明かされることとして、この先はあら塩の佐兵衛のそれからについて話を進めたい。

長右衛門という偉大なる主を失い、小売り酒屋の〝相模屋〟は店を閉め、奉公人達は四散した。

「今のあたしでは、お父《と》っさん、おっ母《か》さんの代わりを務めることは到底できないよ……」

それがお夏の意思であった。

お夏は江戸を離れ、やがて紆余曲折を経て目黒の毒舌婆ァとなり、この間、清次はそっと見守るように付き従ってきたのだが、番頭・佐兵衛は、

「おれも老い先短《みじけ》え身だ。どこかで煙草屋でもして、のんびり暮らすとしようよ。旦那のお蔭で楽しい毎日を過ごしたから、これからはのんびりが何よりさ……」

そう言って、内藤新宿で小さな煙草屋を開いた。

今までは〝相模屋〟一筋で、ずっと独り身を通してきたから、

「若《わ》え《け》女房もらうってえのも悪かねえな。あら塩と酒がありゃあ何にもいらねえおれだ。定めし女房は楽だろうよ……」

などと笑っていたが、さてどうしているか。

あれから十五年近くが経った。

まさかあの殺されても死なないような佐兵衛が、死んでしまっているとも思えないが、物忘れがひどくなり、お夏と清次をはっきり覚えていないかもしれない。

一旦、思い出した佐兵衛の面影は、お夏と清次の心の内に浮かんで離れなくなっていた。

「お嬢も清次も、この先はおれのことなど忘れちまってくんな。もう会わねえ方が好いんだ……」

寂しそうな表情を浮かべながらも、きっぱりと言い切った佐兵衛であったが、今ならもう会いに行ったとて怒りはしまい。

懐かしい人に死なれるのが恐い——。

お夏は近頃、そう思い始めていた。

三

内藤新宿には、佐兵衛が営んでいた煙草屋は既になかった。

清次がそっと訪ねてみると、そこは二年前に火事に遭い、表長屋数軒分はひとつになり、旅籠に姿を変えていた。

それとはなしに近所の茶屋などで訊いてみると、火事になる前の年に、佐兵衛は煙草屋をたたんで町から姿を消したという。

博奕場に出入りしている時は、

「やくざな身に、仲好しはいらねえ……」

と、渡世人の気障《きざ》を持ち続けていた佐兵衛である。

その頃と同じような想いで、近所の者には何も告げずにいたようだ。

「おれの一生は、〝相模屋〟にいたあの日で終っているのさ。今は死んだも同じだから、もう仲間や友達なんてものはいらねえんだ……」

そんな佐兵衛の声が聞こえてきそうだ。

「番頭さんらしいや……」

清次は小さく笑って、内藤新宿を後にした。

それから訪ねた相手は、廻り髪結の鶴吉であった。

去年の暮れの〝小粋な婆ァさん〟お沢の騒動で久し振りに会って以来であったが、

「こんなに早く、また訪ねてくれるとは嬉しいぜ」

鶴吉はいたく喜んでくれた。

「もう会っても好いだろう……」

と言いながら、依然、お夏とは再会を果たせないでいたが、

「清さんとこうして話をしていりゃあ、それだけで会っている心地がするよ」

鶴吉はどこまでも上機嫌である。

勝気でさっぱりとしていて、はっとするような美しさを秘めていた若き頃のお夏を鶴吉はよく知っている。

それゆえに、今は口が悪い〝くそ婆ァ〟として、人に恐れられている身では、さすがに会うのがためらわれるのであろう。

お夏の気性はよく心得ている。

鶴吉はかつて〝相模屋〟出入りの廻り髪結であった。

元は鳶《とび》の者であったのだが、弟分に威張りちらす兄貴分と喧嘩になり、こ奴を見事に叩き伏せたものの、兄貴分の取り巻きによって大変な目に遭わされようというところを、長右衛門に助けてもらった。

弱い者を苛める理不尽に立ち向かった鶴吉を長右衛門は気に入ったのだ。

長右衛門は頭取とうまく話をつけてやり、手先の器用な鶴吉を、髪結としてやっていけるように口を利いてやった。

そうして、まだ一人前にならぬ時から〝相模屋〟で三度の飯を付けてやる〝あごつき〟として迎えたのだ。

鶴吉もまた〝相模屋〟で奉公をする連中と同じく、肉親の情に恵まれなかった男であるから、長右衛門を親のように想い慕った。

長右衛門の人助けには体を張って助勢を願い出て、小廻りの利く身の上だからと、よく耳寄りな話を仕入れてきたものである。

そんな鶴吉にとって、お夏と清次は身内も同然で、〝相模屋〟が店仕舞いをした時は、

「どうせばらばらになっちまうんだろうが、小廻りの利くこのおれが、できる限り皆の行方を確かめておくとしよう……」

互いに会わずとも自分がいることで、長右衛門の身内を繋いでおくと胸を叩いた。

それが長右衛門の願いでもあった。

「はなからおれに訊いてくれりゃあよかったんだよ……」

清次が佐兵衛の行方を訊ねると、鶴吉はそう言って笑ってみせた。

「そうだったな……」

清次は照れ笑いを浮かべた。

何事も人に頼らず、まず自分の足で物を見聞きするのが信条の清次であるが、鶴吉には甘えてよかったのかもしれない。いや、それが鶴吉への礼儀である。そう思ったのである。

「あら塩の父《とつ》つぁんは、煙草屋をたたんでからは、本所で小さな甘酒屋をしていなさるよ……」

「本所で甘酒屋を……」

「ああ、竪川と横川が出合うところに新辻橋という橋が掛かっているんだが、そいつを北へ渡ってすぐだ」

「あら塩で酒を飲むのが好きだった番頭さんが、甘酒屋とはねえ」

「柄にもねえが、店の方には一切出ずに、小女を二人雇って交互に仕切らせているようだ……」

甘酒屋は小体《こてい》な店で、この二階部分で佐兵衛は暮らしているのだと鶴吉は言った。

「父つぁんは、そのことを兄ィに報せたのかい」

今度は、番頭さんではなく、父つぁんと呼んで、清次は鶴吉に問いかけた。

「いや。鶴吉、おれに構うんじゃあねえや……。それが口癖だった父つぁんのことだ。何も言ってこなかったよ」

「それなのに見つけたとは、やはり鶴吉兄ィは大したもんだな」

「なあに、蛇の道は蛇ってやつさ。父つぁん、歳をとって独りでいるのが辛くなったのかねえ……」

雇っている小女に、別段何を頼むわけではないが、いつも近くに誰かがいると心丈夫に思ったのであろうと鶴吉は推測した。

「歳をとると、そんなもんかもしれねえなあ。で、一度くれえ訪ねてみたのかい」

「ああ、ちょうど一年前になるが、たまたま通りかかった振りをして、甘酒屋へ入ってやったんだよ」

鶴吉はそこで、

「わたしもこんな甘酒屋をやってみたいと思っているのだが、姉さん、ここの主にあれこれ訊ねてみたい。すまないが、今いなさるなら、ちょいと呼んできてはもらえませんかねえ……」

　などと小女に言って、そっと心付けをその手に握らせたのだという。

「はッ、はッ、そいつは好いや。父つぁん、目を丸くしたろう」

「ああ、おれを見て、やりやがったな……。てな顔になってよ、まずお上がりなさいませ……。なんて言っておいて、二人になると、鶴吉、お前《めえ》はまた遠いところまで髪を結いに廻ってやがるんだなあ……。なんてよ」

「父つぁんの顔が目に浮かぶようだ」

　鶴吉と清次はふっと笑い合ったが、鶴吉はすぐに真顔となって、

「だがよう、父つぁん、ちょっと見ねえ間にすっかりと爺さんになっちまってなあ……。相変わらずあら塩で一杯やっているのかい……。からかうように言ったら、酒はやめたと言っていたよ」

　寂しそうな声で言った。

「何だって……。あら塩の佐兵衛が、酒をやめたってかい」

清次は意外な顔で問い返した。

「ああ、おれが訪ねた半年ほど前に、父つぁん、病を患ってちょっとの間寝込んじまったそうだ……」

胃の腑が焼けるように痛くなったとのことで、医者からは、長年飲み続けた酒がだんだんと体に応えてきたのであろう。長生きしたかったら、酒をやめた方が好いと言われたというのだ。

佐兵衛は照れくさそうにして、

「おれみてえな男がいつ死んだって何てこたあねえだろうし、もう思い遺すこともねえや……。だがなあ、命はひとつだ。ひょっとまた、お嬢のために役に立つ時があるかもしれねえ……。そう思うと、もうちょっと大事にとっておこうか、なんてよう……」

好きな酒をやめてまで生き長らえるなど、みっともない話ではあるが、身内同然の鶴吉には己が本意を伝えておこうと、佐兵衛は胸の内をさらけ出したのであった。

お嬢のために役に立つ時があるかもしれない――。

もう二度と会わなくてよいのだと言いながら、お夏のためにこの命をとっておこうという佐兵衛の想いが頰笑ましくて、

「鼻たれのおれが言うのも何だが、父つぁん、それは何よりだな。ああ、偉《えれ》えなあ……。これじゃあもう、あら塩の父つぁん……、なんて呼べねえや」

鶴吉は、佐兵衛の心がけを励ますように笑ってみせたが、思わず目頭が熱くなったと、溜息交じりで清次に語り聞かせた。

清次の目も思わず潤んだ。

「そうかい。父つぁんは酒をやめたかい。それを聞いたらうちの女将さんも、さすがに泣いちまうかもしれねえなあ」

「泣いてやってもらいてえもんだ。あの父つぁんは、ずうっと、長右衛門の旦那を懐かしんで、お嬢……お夏さんのことを片時も忘れずに暮らしていたんだ……」

鶴吉は思い入れたっぷりに頷いた。

「それから、兄ィは父つぁんの許へは……」

「二度と来るなと言いやがるから、それからはそうっとしているよ。別れ際に、くれぐれも勝手に死なねえでくれ、工合が悪くなったらきっと報せてくれと、何度も

言っておいたがよう……」

「そうかい。そんなら今度はおれが訪ねてみるよ。お嬢のために、と言ったって、いつまでも命を取っておけるわけもなし、その上で女将さんとも会ってもらうよ」

「ああ、そうしてやってくんな」

「それがすんだら兄ィにも……」

「楽しみにしているよ……」

「兄ィ、すまねえな。お嬢が、恩に着ると言っていなさった」

清次は久し振りにお夏をお嬢と呼んで、鶴吉ににこりと笑うとその場を去った。

それからは、一旦店に戻ろうとも思ったが、鶴吉の話を聞くといても立ってもいられずに、その足で本所へと向かった。

目黒の居酒屋は、そろそろ中食をとりに来る客で賑わう頃だが、

「そんなもの、何でも食わしておけばいいんだよ」

お夏は、思うように動いたらいいと言ってくれていた。

高輪からは遠い道のりであったが、鶴吉と話しているうちに、長右衛門と路地を駆け巡って勝負した、子供の頃の自分が思い出されて、清次は走るように東海道沿

いに歩き始めた。

やがて永代橋を渡って、深川から本所へ――。

若き日の健脚は今も身についている。

「男は強くなきゃあいけねえよ……」

長右衛門はそう言っては、清次に体を鍛える楽しみを教えてくれた。

酒屋の小僧として、重い酒徳利を持って何度も得意先を廻ったが、それによって自分の体を強くして脚の力をつけることが、日々の励みとなったものだ。

――おれもまだまだ捨てたもんじゃあねえや。

竪川を跨《また》ぐ新辻橋を渡ると清次はニヤリと笑った。

その先には、鶴吉が教えてくれた小さな甘酒屋が見える。

鶴吉と同じ手口で小女を捉まえて、佐兵衛を呼び出してやろうと、日頃は悪戯など滅多としない清次であるが、その心は子供のように弾んでいた。

清次は早速店に入って甘酒を注文すると、三十絡みの小女を捉まえて、

「姉さん、わたしは近々、こんな甘酒屋を出してみたいと思っているのだが……」

と、かつて鶴吉が言ったのと同じように切り出してみたのだが、

「もし、お客さん、それならここをお買いになったらどうです……」

小女は意外なことを口にした。

「うむ？　ということは何かい。ここの主は店を手放すつもりなのかい」

清次は怪訝な表情となって問い返した。

すると小女は、

「いえ、手放すつもりはなかったのでしょうが、思わぬことに亡くなってしまいまして……」

と、言いにくそうに応えた。

「何だって……。亡くなった……！」

ちょっとやそっとで物に動じぬ清次が、思わず甘酒の入った碗《わん》を手から落した。

四

その夜。

お夏はいつもより早い時分に居酒屋を仕舞にした。

夕方になって帰ってきた清次に、

「番頭さんは、もう生きておりませんでしたよ……」

と、佐兵衛の死を耳打ちされ、詳しく話を聞きたかったからだ。

歳も歳である。

「もしや……」

とは思っていたし、覚悟もしていた。

しかし、打ち沈んだ声で清次から報されると、気丈なお夏の心も揺れた。

——もう少し早く会っておけば。

人間にとって、この想いほど無念なものはない。

真光堂の後家・お春が、あら塩で酒を飲むのを見たから思い出したわけではない。

店でちょっとやさぐれた初老の男を見る度に、ふっと佐兵衛の姿を思い浮かべていた。

それなのに、別れてから一度も会わぬままに死なれてしまうとは——。

「今日は何だか疲れちまったよ……」

お夏は客を追い出すようにして縄暖簾をしまうと、灯を落して店の奥へと入った。

細長い土間で仕切られたお夏の住居は二間続き。六畳ばかりの居間、その向こうが押入れのある同じ広さの寝間になっている。

土間を抜けると裏手へ出られて、そこに清次が住処とする小さな小屋がある。

お夏は、居間に清次を迎えると力なく長火鉢の前に座って大きな溜息をついた。

「こっちは、明日があるなんて思っちゃあいるが、年寄りには明日がなかったんだね。そいつをうっかり忘れていたよ」

清次もやり切れぬ表情で、

「仰る通りで……」

と、相槌《あいづち》を打った。

「それで……。佐兵衛の小父さんはきっちりと、畳の上で死んだのかい」

「いえ、それが、誤って柳島の川岸を転げ落ちたとか……」

「何だって……。まさか、あの小父さんが……」

「へい。どうも合点がいきやせん……」

清次が甘酒屋の小女に訊いたところでは、二月ほど前のこと、佐兵衛は夜遅く酒を飲んでの帰り道、酔いに足を取られて、川岸から落ちた。

運悪く、そこは高みの崖《がけ》になっていて、その下は近くの料理屋の船着き場に続く岩場であったから、転げ落ちた時に頭を打ちつけたとされた。

しかし、佐兵衛は酒をやめていたし、夜遅くから飲み歩くことなどなかった。

それでも、甘酒屋で働いていた小女には、

「おれも昔は、よく飲んだものだがなあ……」

などと時折話していたというから、何かおもしろくないことでもあって、独り暮らしの気楽さゆえに、家を出て久し振りに飲んだのかもしれない。

久し振りであるがゆえに、思いもかけず酒が回り、千鳥足で歩くうちに誤って足を滑らせた――。

そう思われぬこともない。結局これは事故で済まされた。

佐兵衛は日頃から、甘酒屋を任せている二人の小女に、

「どうせおれには身寄りがねえから、おれが死んだら、後は二人で好きなようにここを続けてくんな」

と言っていたので、この二人が町代と相談の上、近所の者達とささやかな葬儀を出してやり、今も店を続けているという。

しかし、小女二人は、近所に住む十八の娘と三十の出戻り女を、佐兵衛がここに移り住んでから雇ったもので、二人で好きなように続けてくれと言われてもやりようがなく、店の買い手が見つかるまでは町代が中へ入り、小女二人が勤められるようにしているのだ。

そんな折に、清次が鶴吉の真似をして、

「姉さん、わたしは近々、こんな甘酒屋を出してみたいと思っているのだが……」

などと声をかけたものだから、出戻りの小女が、ここぞとばかりに店を買わないかと勧めたのである。

話を聞くお夏の目が鋭い光を帯びてきた。

「佐兵衛の小父さんは、お金を遺していたのかい……」

「いえ、家の中には甘酒屋の僅かなあがりと、仕入れの金くれえしかなかったようです」

清次は胸の高鳴りを抑え、佐兵衛の知り合いであるということは一切伏せて、店に興味がある商人の体《てい》で、小女からあれこれ話を聞き出したのだ。

「そうかい……」

お夏は父・長右衛門が死んだ時のことを思い出していた。

今わの際に長右衛門は店の者達や鶴吉など、自分が見込んだ者達を集めて、

「おれが遺した金は、そっくりお前らに分け与えるから、そいつをまた皆で、人助けのために使ってくんなよ……」

そう言い遺した。

お夏は長右衛門の死後、店をたたみ何もかも処分した上で、長年に亘《わた》って長右衛門の片腕となってくれた佐兵衛には、

「小父さんが持っていてくれた方が、お金も生きようってものさ」

そう言って、相当な金子を無理矢理手渡していた。

――佐兵衛の小父さんは、あのお金を人助けのために見事に使い切ってあの世へ旅立ったのだろうか。

お夏はそれが気になった。

だが、〝番頭さん〟〝小父さん〟と慕った佐兵衛の死がむごたらしいものであったとは思いたくなかった。

清次が聞き出したところでは、甘酒屋で働く十八の娘は、少しばかり頭が弱く、

老母一人を抱えた身であったという——、出戻りの三十女の方も、家に帰ったのは、二親を亡くして暮らしに困る幼い弟と妹のためであったそうな。

たとえばこの二人を雇ってやったように、佐兵衛は人助けに生きたはずだ。

人助けをすると、時として暮らす土地で目立つこともある。

独り暮らしのおやじが目立てば、あらぬ勘繰りや詮索をされることにもなりかねない。

それゆえに、佐兵衛は煙草屋を営んでいた内藤新宿を出て、新たな土地に移り住んだのではなかったか。

そして、ここでお夏から託された金もほぼ使い切り、身は胃の腑を患って、

——もうおれも、このあたりが年貢の収め時か。

と思って、一旦やめた酒を飲んでしまった。

そんなことは考えられないだろうか。そんな風に思ってみた。

清次はお夏の想いがすぐにわかる。

「歳をとって弱気になって一旦やめた酒を飲む。佐兵衛という男はそんな甘口じゃありませんぜ。あら塩の佐兵衛と言われるほどの酒飲みが、まだこの命も使いよ

うがあるかもしれねえから、お嬢のためにとっておく……。そう言って酒をやめたんだ。滅多と覚悟を変えるようなことはなかったと思いますぜ」

清次はきっぱりと言った。

日頃口数の少ない清次が語ると、お夏も頷かざるをえない。

「ふッ、ふッ、清さんの言う通りだね。あたしも小父さんを想うあまり、都合好く考えてしまっていたよ。そうだねえ。あたしのためにまだ命をとっておこうと思ってくれたなら、そうたやすく命を落す男じゃあなかった……。昔のしがらみに巻き込まれて死んだ……。そう考えた方が好いね」

お夏は、煙管で煙草をくゆらした。

煙を吐く度に、お夏の顔には凄味が増してきた。

「近頃、おかしな野郎が、甘酒屋に出入りはしていなかったのかい」

「おかしな野郎は見かけなかったようですが、甘酒屋には似合わねえ客が時折きていたとか」

「ほう、どんな客だい……」

お夏は、さすがは清次だと内心舌を巻いた。

甘酒屋をやってみたいという商人として、客層までもしかつめらしく訊いたのであろう。

佐兵衛の死を知り、そこから冷静に甘酒屋の様子までも聞き出してきたというのであるから大したものだ。

「坊主頭で、馬面で、右目の下に大きな黒子《ほくろ》のある男が大の甘酒好きで、近頃店に通っていたとか……」

清次は小さく笑ってお夏を見つめた。

「又市《またいち》つあんかい……」

その特徴を聞かされるとすぐに名が出た。

〝相模屋〟に出入りしていた、鍼灸《しんきゆう》、骨つぎ、按摩《あんま》を生業にしていた男である。

腕は好いのだが、博奕好きで喧嘩好き。

それを佐兵衛に諭されて、髪結の鶴吉同様、長右衛門の世話になり、

「旦那、あっしに何でも申し付けてやってくださいまし……」

やがて心酔して、何かというと店にやってきては、長右衛門の人助けに加わって悦に入っていたおかしな男であった。

今はもう四十半ばになっていよう。

「恐らくは又市つぁんだと思います……」

そして、又市らしき男は、佐兵衛の死後店に現れなくなったという。

この又市との再会が、佐兵衛の死に繋がっているに違いないと清次は考えていた。

「こいつはまた、鶴吉つぁんを頼るしかないねえ……」

お夏は清次を見返して、大きく頷いた。

その目には、佐兵衛への追慕と、彼の死をどこまでもはっきりさせてやるという強い意思があふれていた。


その翌朝。

清次によって佐兵衛の死を報された鶴吉は、男泣きに泣いた。

「ここはおれの家の中で、清さんしかいねえから、みっともねえが泣かせてもらうよ……」

そう言って、高輪牛町の裏店で鶴吉は涙にくれたのである。

気丈に涙を流さずにいたお夏を気遣って、清次は今まで泣かずにいたが、感情を素直に出せる鶴吉が羨ましかった。

「父つぁんはきっと誰かに殺されたんだ……」

鶴吉は気持ちが落ち着くと低い声で言った。

「お夏さんもお前も、そう思っているんだろ」

清次が黙って頷くと、

「身寄りのねえ年寄りが崖から落ちて死んだからって、役人はろくに調べやがらねえからな……」

鶴吉は口惜しさを嚙みしめた。

「父つぁんを殺った奴《やつ》はきっと始末をしてやる……」

「兄ィ、そいつはこっちに任せてくんな……」

清次はいきり立つ鶴吉を宥めた。

「そうだったな……。おれが出しゃばった真似をしてもいけねえな」

鶴吉は分別をして、

「又市は、浅草の真砂町にいるぜ。相変わらず、針と按摩で暮らしているみてえだ。もっとも、それも半年前に確かめたきりだから今は知らねえが……」

又市の居所を教えてくれた。

「兄ィがいてくれてよかったよ」

清次はつくづくと言った。

「なに、長右衛門の旦那がよく言っていなすったんだ。おれが死んだらどうせ皆は別れ別れになっちまうだろうが、せめてお前だけは皆の居所を頭に入れて、何かあった時はお夏に教えてやってくれ……、とな」

鶴吉は照れくさそうに応えたが、その顔にはやっと笑みが浮かんでいた。

五

「清さん……、よくここがわかったなあ……」

又市は清次の顔を見るや、驚きに声を震わせた。

「鶴吉に聞いたのかい」

「いや、風の便りってやつでね……」

清次は鶴吉に聞いたとは言わずに、又市をじっと見て頰笑んだ。

鶴吉が教えてくれた通り、清次は浅草真砂町に又市を訪ねた。

そこは路地中のちょっとした盛り場の一画で、矢場の二階に又市は間借りをしていた。

二階には矢場の外から入れるように、少し高みに障子戸があり、〝針　ほねつぎあんま〟と書かれた木札がかかっていた。

朝の内ならば必ずいるはずだと鶴吉が言っていたので、五つ半（午前九時頃）くらいに行ってみたのだが、戸を叩くと、階《きざはし》から下りてきた又市は寝呆け眼であった。

「夢かと思ったぜ。まあ、上がってくんな……」

又市は、昨夜遅くまで揉み療治をしていたのだと、寝起きの姿を恥ずかしがった。

「朝っぱらからすまなかったね。入れ違いになっちゃあいけねえと思ったんだよ」

清次はそう言って詫びると、店で拵えてきた焼きおにぎりの入った竹の皮を差し出した。

「おう、こいつは嬉しいや。清さんは昔ながらによく気が付くねえ……」

焼きおにぎりには味噌が塗ってある。

当然のごとく朝餉《あさげ》を済ませていない又市であったが、

「後でゆっくりいただくとしよう」

と、少し押し頂いて、素焼の火鉢を引き寄せて炭をおこした。

入道頭も顔も、二、三日剃ってないようで、目の下の黒子は昔のままだが、馬面に肌の張りはなく、唇は灰色をしている。

部屋の内を見回すと――。

脱ぎ散らかした着物。調度品とてほとんどなく、部屋に漂うすえた臭いを思うと、又市の暮らしが荒んでいることが窺える。

昨夜は遅くまで揉み療治をしていたというが、それも怪しいものである。

「それにしても清さんが、江戸に戻っていたとはな。お夏さんも一緒かい」

「ああ、達者にしていなさるよ」

「そうかい、会ってみてえが、今さらおれなんかと会ったって仕方がねえか……」

又市は清次の想いが読めたのか、努めて平静を装い、にこやかに言った。

「そんなこたあねえさ。会えばお嬢も喜ぶだろうよ」

又市の今が気にかかるが、そこは昔馴染である。

清次もまず再会を喜んだ。

又市は、せわしなく炭火に息を吹きかけて、

「それで、風の便りにおれの噂を聞いて、顔を見にきてくれたのかい」

少し探るような目を向けた。

清次は改まって、

「それもあるが、佐兵衛の小父さんが死んじまったと噂に聞いて、そのことで何か知っていたら聞かせてもらいてえと思ってね」

「あら塩の父つぁんのことか……」

たちまち又市の顔に動揺が浮かんだ。

「清さんは、もう知っていたのかい」

「ああ、それで甘酒屋を訪ねてみたら、又さんらしい客が、時折店にきていたと……」

清次は又市に真っ直ぐな目を向けた。

「そうだったのかい……」

又市は清次から目をそらすと、鉄瓶を火鉢に載せて、

「はッ、はッ、おれの面ァ目立つからな……」

　ふっと笑った。

「療治に廻っているうちに、甘酒屋のおかしなおやじの話を耳にしてよう。こいつはきっと佐兵衛の父つぁんだと思って訪ねてみたのさ」

「そうだったのかい……。小父さんは、何と言いなすった」

「そっと呼び出して、お前《めえ》みてえな針医者を呼んだ覚えはねえや……。と叱られたよ」

「ふふ、やはりそうかい」

「ああ、でも、久し振りだと喜んでくれたし、酒の飲み過ぎで体が痛んでいるんじゃあねえかと、それから時折会いに行ったのさ。追い返されるのはわかっていたが、あの父つぁんの憎まれ口が、何やら懐かしくなってな……」

「その気持ちはわかるよ」

　思えばお夏の毒舌は、〝相模屋〟に酒を飲みに来る荒くれを叱りつけていた佐兵衛が手本であるのだろう。

　清次も懐かしい思いになった。

「それが、あんなことになっちまってよう……」

又市は大きく息を吐いた。

「又さんは、小父さんが酒に酔って足をすべらせたと思っているのかい」

清次は低い声で言った。

「どういうことだい」

又市の顔が歪んだ。

「おれは、誰かに殺されたんじゃあねえかと思っているのさ」

「殺された……。なるほどな……。清さん、仇を討つつもりかい」

「そのつもりだよ……」

「そうかい。そんならおれも手伝わせてくんなよ」

又市は唸るように言うと、茶葉を探して、

「いけねえ、茶が切れやがった。下でもらってくるからちょっと待ってくんな
……」

「茶などいらねえよ」

「いや、久し振りに会って茶のひとつ出さなかったじゃあ気がすまねえ」

又市は、仇を討つと聞かされ興奮したのか、唸り声をあげながら、階を駆け下りた。

それからすぐに清次は又市の家を出た。

又市の話では、佐兵衛に変わった様子はなかったし、又市が何か頼み事をしたわけでもなかったようだ。

そうなれば、一刻も早くここは引き上げるしかない。

「お夏さんによろしく伝えてくんなよ……」

別れ際に又市はにこやかに言ったが、

「又さん、今はまだ、おれとお嬢の居所は言わずにおくよ。互《たげ》えのためにな……」

清次は居酒屋のことは言わずにおいた。

鶴吉が、こんな時のための繋ぎ役となっているからだが、

「清さん、又市なんかに居酒屋をうろつかせねえ方が好いぜ」

鶴吉はそう言っていた。

決して人を貶《おとし》めることなく、店の誰よりも長右衛門が信頼を寄せていた鶴吉であ

るから、清次も分別をしたのである。

だが、又市と久し振りに会ってみて、懐かしい想いはしたが、清次は鶴吉の言葉の意味合いがどことなくわかる気がした。

――さて、どうしたものか。

清次はあれこれ頭に思い浮かべつつ、浅草からの帰り道を辿った。

途中、東本願寺の表門の南に立ち並ぶ寺の通りを歩いてみた。

この辺りは、かつて〝相模屋〟の奉公人時代に幾度も通った道が続いている。

寺々の間の小道を抜けると、思わぬ近道になることを覚え、時には駆け回った懐かしいところであった。

しかし、寺の塀と塀の間に続く細道にはまるで人気《ひとけ》がない。

こんなところに足を踏み入れたのには理由があった。

又市の家を出てから、何者かにつけられているような殺気を覚えていたからだ。

しかもその影は一人ではない。三人はいる。

それなのにこのような道を通るのは、襲ってくれと言わんばかりであるが、清次は、それを待っていた。

歩き出してすぐに悟られるとは、大した敵ではない。相手が自分を襲うつもりなら、得意の小道に誘い込んで正体を見極めてやろうと思ったからだ。

心月院にさしかかったところで、小道は行き止まりになる。そこを左に曲がると、殺気の正体の一人が現れた。

頬被りに縞の着物を尻からげにした怪しげな男である。懐に手を入れているのは呑んだ匕首《あいくち》に手をかけているのであろう。

すると背後にも、今来た道の方からも人の気配を覚えた。

前の一人が匕首を抜くのと同時に、三方から襲いかかるつもりであろう。

清次は丸腰だが、落ち着いていた。

「ふッ、おれを殺しにきたとは馬鹿な野郎だな……。お前らの頭の素姓がこれで知れたようなものだぜ」

まず正面の敵を嘲笑い、他の敵には目もくれず、行き止まりの築地塀《ついじべい》に向かって駆けたかと思うと、たちまち塀の上の屋根に飛び乗った。

この塀は土台部分の石垣が少し前に張り出しているので、清次の技をもってすればここに足をかけてたやすく登れるのだ。

それを知っていたからこそ、いかにも刺客が獲物を襲うに相応しいこの小道を選んだのだが、敵は見事に引っかかった。

清次の動きと同時に、三人の敵は前後左方から匕首を抜いて殺到したが見事に頭上に逃げられ地団駄踏んだ。

「馬鹿野郎が……」

清次は懐に忍ばせていた石塊のひとつを上から投げつけた。

それは見事に頰被りの一人の頭に命中して、そ奴の頭を割った。

「うッ……」

一人の頭から鮮血がしたたり落ちた。

その血が他の二人を怯《ひる》ませた。清次は間髪をいれず二人に石塊を見舞うと、塀の向こうに姿を消した。

二人は流血を免れたが、一人の血はなかなか止まらなかった。

ここは寺町の小路ゆえに人気はないが、その外は繁華である。そんな様子でうろつけば人目に立つであろうし、三人は清次の凄技に意気消沈をした。

頭を割られた男は手拭いで傷口を縛り、さらに手拭いを抹頭《まっとう》に被ってとぼとぼと歩き出した。

舌打ちをしつつ、他の二人もその場を引き上げた。

だが、清次の凄味はここから発揮されるのである。

塀の向こうに逃れたと思いきや、清次は逃げてはいなかった。塔頭の屋根の上から、そっと刺客共を見張っていて、大胆不敵にもばらばらに立ち去った一人の跡をつけ始めたのである。

的《まと》は、抹頭に手拭いを被った男である。

傷口を縛った上から、頭全体を覆うように手拭いを被ったとて血は滲み出す。目印にはちょうど好かった。

人通りの多いこの時分なら、清次の方に利があった。

この日、彼は半纏を引っかけていたが、その表地は茶微塵《ちゃみじん》の格子縞で裏地が渋い紺鼠《こんねず》になっている。

清次はこれをさっと裏返しに着て、頭には吉原被りに手拭いを載せ、素早く変装をしながら跡をつけたのである。

「やはりそうか……」

敵はまさか逃げられた相手につけられているとは思いもよらず、そそくさと戻ったのが浅草真砂町の又市が間借りをしている矢場であった。

路地の角からこれを認めると、清次は風のように立ち去った。

まだ日は高いし、身を隠すところもない。相手が何人潜んでいるかわからぬ敵地に長居は無用であった。

清次の報せを受けるや、お夏は肩を落した。

「佐兵衛の小父さんは、やはり殺されたんだねえ。しかも、それに又市が関わっているようだ……」

先日、清次が甘酒屋を訪ねた日から、又市が佐兵衛の死に関与しているとは思っていたが、今日の様子を聞くと、裏切られた想いがお夏を落胆させたのである。

又市は、佐兵衛が酒の飲み過ぎで体を病んでいるのではないかと案じて、時折、甘酒屋を訪ねたと清次に言っていたが、鶴吉の話では、佐兵衛は酒をやめていたという。

となると、又市は佐兵衛からその話を聞かされていなかったといえる。

鶴吉が又市を快く思っていないのと同じく佐兵衛も又市には心を開かずに、そこまでは話さなかったのであろう。

清次が佐兵衛の仇を討つと宣言した直後、又市は茶が切れたと下へ下りた。この時、矢場にいたのが清次を襲った三人で、又市は三人に、

「跡をつけて居所を確かめろ。場合によっちゃあ始末してくれ……」

などと頼んだのであろう。

清次が持参した焼きおにぎりを食べなかったのも、又市なりの用心であったのかもしれない。

「それこそが又市が佐兵衛の小父さんを殺した動かぬ証拠だね……」

お夏は断定した。

お夏と清次は、仇を討つと言ったら必ずやりとげるであろう。それは又市にとって、自分の死を意味することなのだ。

「だが……、さすがは清さんだね……」

お夏は復讐の覚悟を胸に秘めながら、清次を称えた。又市の言動をその場で怪しみ、身をもって刺客三人を引きつけ、又市の裏切りをはっきりさせたのである

から。

「いえ、又市が間抜けなだけですよ……」

清次は小さく笑った。

又市は佐兵衛の持っている金を狙ったのに違いなかった。恐らく博奕好きが祟《たた》って借金がかさんで窮したのであろう。人間は貧すれば鈍するで、悪事の発覚を恐れるがあまり、打つ手打つ手に精彩を欠いたのだと清次は見ていたのだ。

その考えはお夏も同じであったが、お夏はさらに、又市は誰かにそそのかされたのではないかと推測した。

又市の仲間は、矢場に出入りしていると思われる三人だけではなく、さらにこの三人の頭分がいるのではないかということだ。

「まず、又市が本当に小父さんの殺しに関わっていたか裏をとって、それから又市をそそのかした奴を見つけ出さないといけないねえ」

「その裏を取る前に、又市が姿をくらまさねえといいんですがねえ……」

清次は頭をひねったが、

「あいつがどこへ逃げたって、鶴さんが逃がしはしないよ……。清さん、お前もそう思って戻ってきたんだろう……」

案ずるまでもないとお夏はニヤリと笑った。

清次も笑って頷き返した。

「おれが出しゃばった真似をしてもいけねえな……」

鶴吉はそう言って、佐兵衛の仇討《あだう》ちを清次とお夏に託した上で、又市の居所を教えたが、そのままじっとしているはずはなかった。

鶴吉も又市を怪しんでいる。清次だけでは手が回らないであろうと察して、そっと見張っていることであろう。

清次はそれがわかっているゆえに、真砂町から引き上げてきたのだ。そして、鶴吉にその仕事を託すのが弟分としての気遣いでもあると思っているのだ。

「あの裏切り者……。なんと言い逃れをするかねえ……」

逃げれば自分が裏切り者であると、伝えるようなものである。逃げたところですぐに追手がかかることも又市はわかっているはずだ。佐兵衛の殺害も、清次の襲撃についても、自分は一切知らないと言うであろう。

それならこちらも騙されたふりをして時を稼ぎ、きっちりと裏を取るまでだ——。

居酒屋の内で、客の目を盗みつつ、お夏と清次はぽつりぽつりとこんな会話を交わして、店仕舞の後もお夏の居間で策を練った。

すると、深夜となって裏手に人の気配がした。何者かがそっと忍んできているようだ。

襲われた後のことである。お夏も清次も気が張っていた。

快活で美しい娘であった〝相模屋〟のお夏が、今では居酒屋のくそ婆ァとして、目黒の片田舎で暮らしているとは思いもかけぬことであろう。

しかし、油断は出来ない。かつて長右衛門を中心に〝相模屋〟に拠った荒くれ達は、人助けが高じて何度となく命のやり取りをしたものだ。逆恨みを受けたこともあった。

その緊張が、お夏と清次には今も身について離れない。二人共にそっと短刀を引き寄せたが、その刹那、外から犬の鳴き声が聞こえてきた。常の人ならば気づかないこの鳴き声がお夏と清次には、人間の声色であることがわかる——。

それは鶴吉の懐かしき合図であった。

やがて裏へ出た清次が鶴吉を居間へと連れてきた。

「お久し振りで……」

鶴吉はまず畏まってみせた。若い頃から、お夏は歳上の鶴吉をも跪《ひざまず》かせる威風が備わっていた。

「鶴さん、色々とありがとうよ。ふふふ、とんでもない婆ァになっているんで驚いたろう。まったくざまぁないよ」

お夏はにこやかに鶴吉に向き直った。

「いや、その場その場でたちどころに姿を変えるお嬢のことだ。今さら驚きはしませんや」

鶴吉は、どんなくそ婆ァになろうと、お夏はお嬢のままだと言って頬笑んだ。

「互いの身の上話はよしにして、鶴さん、こんな時分に何を教えにきてくれたんだい……」

鶴吉の言葉に喜びつつも、お夏は総身に緊張を漲《みなぎ》らせて問いかけた。

「へい……。あっしとしたことが、つい無駄口を利いてしまいました」

鶴吉は姿勢を正して、

「又市が殺されました……」

静かに応えた。

お夏、清次の思惑通り、鶴吉は清次とは別に又市を張っていた。

今日は朝の内に清次が又市を訪ねると知っていたから、その後の又市の様子を窺ってやろうと思ったのだ。

すると、昼になって三人のやくざ者風が、次々に矢場へ入り、やがて又市も矢場の内に入ったかと思うと、またすぐに落ち着かぬ様子で出てきた。

それから又市は辺りを気にしながら、人通りの多い通りへ出て、茶屋へ入ったり、絵草子屋を冷やかしたりしながら時を潰すと、夕刻になって、山谷堀の船着き場で屋根船に乗った。船には数人の男が乗っていたが、一様に笠を被っていたし、すっかり辺りは暗くなっていたので何者かがよくわからなかった。

船は山谷堀から堀川へ、吉原、根岸へと続く水上を西へと進んだ。

鶴吉は見逃さぬように、日本堤の上から船をつけて道を急いだ。日本堤は吉原に往き通う客で賑やかだ。しかし、船は吉原に向かわず、途中田地に囲まれた水路へと方向を変えた。

鶴吉は慌てて対岸の田地に続く土手へと向かったが、船は遥か前を進んでいた。

暗闇の中、これを追うと船から何かが川に落された。駆け付けて川岸からその正体を確かめると、血まみれの又市の骸《むくろ》が川辺に浮かんでいたという。

「その船を見失っちまったのは不覚だった……」

鶴吉は唇を嚙んだ。

「だが、これで又市が口封じに始末されたことがわかったよ。やはり、又市をそそのかして佐兵衛の小父さんを一緒になってやっちまった者がいるようだね」

お夏は鶴吉を労るように言った。

「死んだお父《と》っさんが、死ぬ少し前にあたしにこんなことを言ったよ。いきなり妙なことが起こったら、まず身内の者に気をつけろってね」

〝相模屋〟を閉めた時、店の奉公人は、佐兵衛、清次の他に手代が三人、小僧が二人、女中が一人であった。

「佐兵衛の小父さんと、又市が死んだことを知って、次に騒ぎ立ててくる奴が裏切り者だね……」

お夏は勘を働かせた。

これに清次と鶴吉は大きく頷いた。

鶴吉には既に思い当たる節があるようだ。

右の拳で顎を二、三回軽く叩く――。

それが何か思いついた時、鶴吉が見せる癖であったことを、お夏は思い出していた。

六

第二の裏切り者が現れるまでは、何事もなく過ごせばよい。その沈黙に堪えかねて、後ろめたさを持つ者は鶴吉に繋ぎを取ってくるはずである。

〝相模屋〟で共に過ごした者達の居所は鶴吉が概《おおむ》ね把握している。

だがかつての身内達が、個々に繋ぎをとり合うことはなかった。

長右衛門への想いを胸に、それぞれが〝人助け〟をしている今、鶴吉によって繋がっていると思うだけで心地がよかったのである。

それでも長い年月が経つと、〝人助け〟に飽きたり、意味を違える者も出てくるのは悲しむべきことであった。

又市が川瀬に浮かんでから十日が過ぎた。

件の矢場は突如閉められ、矢場を仕切っていたやくざ者の三人も姿を消した。

そして、お夏の居酒屋はいつも通りの騒々しさであった。

そんな時、店に立ち寄る目黒不動参詣客《さんけいきゃく》に紛れて、鶴吉が初めて店に顔を見せた。

鶴吉は枡酒を一杯注文すると、清次が枡の端に盛ってやったあら塩をなめ、実に美味そうに引っかけてすぐに出ていった。

この間、お夏とも会話はなく、あくまでも通りすがりの客として振る舞ったのだが、鶴吉は密かに結び文を清次に手渡していた。

そこには例の如く、符帳で何やら綴られてあったが、お夏はそれを一読すると、

「ふッ、何てこった……」

と、大きな溜息をついたものだ。

その結び文には、鶴吉に蓑一郎《みのいちろう》から繫ぎがあり、佐兵衛と又市の死について報せたいことがあると言ってきたと記されていた。

蓑一郎は、清次と同じ年で、同じような境遇を経て、長右衛門に〝相模屋〟の小

僧として仕込まれた男であった。

やがて清次と同じく手代として商いに精を出し、長右衛門の人助けに感じ入って、清次と共に何度も危ない橋を渡った心やさしき男であった。

〝相模屋〟を閉めた後は、千住に小体な旅籠を開き、長右衛門の真似事をしていたのだが、数年前から鶴吉は蓑一郎の不穏な噂を耳にしていた。人助けどころか、方々のやくざ者から金を借りているとのことであった。

鶴吉が何も知らぬ体で探りを入れてみると、どうやら又市と再会し、やたらとつるんでいたようだ。

又市に誘われて博奕に手を出したのに違いなかった。

だが、ある時蓑一郎はその借金をきれいに返した。

鶴吉はこれを聞いて、蓑一郎にある疑いを抱いた。それは、長右衛門が終生背負った、闇の部分に繋がることで、かつての仲間としては放っておけないことだったのだ。

それが、佐兵衛と又市の死が続いた後に、お夏と清次に会って報せたいことがあるゆえに、間を取りもってくれとある。

お夏と清次が江戸に戻っていることは、風の便りに聞いたという。

鶴吉は、この話に乗った。

かつての仲間であった蓑一郎をまるで疑っていない体を装って——。


正月の晦日《みそか》。暮れ六つ（午後六時頃）。

ところは深川洲崎の浜の一隅にある小さな寮。

正しく密談の場に相応しい場を、蓑一郎は用意してきた。

今は空き家になっているのを借り受けた。

ここに仕出しを運ばせ、久し振りに一杯やりながら、佐兵衛、又市の仇討ちの相談をしたいと言うのである。

鶴吉は快くこの話を受け、お夏、清次を六つに連れていくと約束した。

だがその日、蓑一郎は朝からその寮に詰め、お夏らを迎える用意を進めていた。

その用意とは——。

四人で密談をする部屋の壁に仕掛られたどんでん返しの内に左右三人ずつ、計六人の乾分《こぶん》共に手槍《てやり》を持たせ、合図と共に壁から躍り出て、三人を一気に刺し貫くという恐ろしいものであった。

かつては父と慕い、共に生きることに誇りを覚えていた長右衛門の娘を殺さんとすることにためらいはあったが、早く手を打っておかなければ、お夏、清次が江戸へ戻っている今、必ず自分の所業を暴き、制裁を加えるであろう。

――ふッ、何が人助けだ。つまるところは人殺しじゃあねえか。おれはおれの生き様があるってことに気付いたんだよ。

今、蓑一郎は、盗っ人の頭目となっていた。

長右衛門が仕込んでくれた武芸の技をもって――。

「人助けをするにも金が要る。今まで稼いだ金を皆に分けるから、それを元手に弱い者を守ってやってくれ」

長右衛門からそう言われてもらった金で旅籠を営み、同じように生きようと思ったが、蓑一郎にはそれが出来なかった。長右衛門の真似をしようとしても、彼には人がついてこなかったし、人に頼られることもなかった。

そのつまらなさが、蓑一郎を欲望に走らせた。彼にはそれが出来る腕が身についていたからだ。

「好いか、三人はたやすくやられるような玉じゃあねえ。だが、左右から挟みうちにして突きまくれば、さすがに狭い部屋の中じゃあどうにもならねえ。心してかかれ……」

蓑一郎が手下の六人に命じた。いずれも蓑一郎が盗みを働く時の配下である。その中には、先日、清次を襲った三人の姿もあった。

又市の言うことなどに従って、いたずらに清次を襲った馬鹿共であったが、今は殺しに使うほかはなかった。

念入りに稽古をした通りに、ことを進めんとして、お夏達の来訪を待ち構え、持ち場に戻ろうとした時であった。

「そんな子供騙しに引っかかると思っているのかい……」

その場の七人に、乾いた女の声が響いた。

「くそ……」

蓑一郎はそれが誰の声か瞬時にわかった。障子戸を開けると——。

案に違わず、庭にお夏が立っていた。

黒裳束に身を包み、皮肉な笑いを浮かべる姿は、裏で〝お嬢〟と呼んだ、あの日のお夏の面影がそのままに残っていた。

「あたしを甘く見るんじゃあないよ……」

お夏は蓑一郎を睨みつけた。

「ふッ、そうだったな……」

蓑一郎は顔を歪めた。

六つに会うことになっていたが、お夏はこの寮の所在を聞かされた時から、居酒屋を休んでこの中に忍んでいたのである。

それくらいのことをやりかねぬ相手であると、何ゆえもっと気を張らなかったのか——。

蓑一郎の焦りを見てとったお夏は、

「ふん、ただの人殺しの盗っ人暮らしを送るうちに、何事も仕事のきめが粗くなっちまったようだね」

そう言って嘲笑った。

「おれに偉そうに言えた義理かい……」

蓑一郎はうそぶきつつ、手下に目で合図を送る。

「ああ、あたしもろくなもんじゃあないが、お前には言えるねえ。佐兵衛の小父さんの金を奪って殺すよう又市に持ちかけ、後で罪を被せる、薄汚い外道のすることだ。小父さんをどんな風に殺したんだい。家へ押し入り、無理矢理に酒を飲ませ、川岸から突き落したのかい！」

お夏はついに感情を爆発させた。

「わかっているなら互《たげ》えに問答無用だ！」

蓑一郎の叫びを合図に六人の手下は一斉に懐に呑んだ匕首を抜き放った。

「しゃらくさいよ！」

お夏は啖呵を切るや否や、赤い腰紐《こしひも》の背に帯びた朱鞘《しゅざや》の短刀を引き抜いて、自ら前へ出た。

これを迎え討たんとして七人の男が身構えたが、そこへ天井裏から舞い降りた二つの黒い影があった。

同じく黒装束の清次と鶴吉である。二人の手にもぎらりと光る短刀が握られている。

お夏に、突如現れた清次と鶴吉――。

三人は、意表を突かれて慌てる蓑一郎一味をたちまち斬り伏せた。正面から斬り込む手下の一人を倒すと、お夏は蓑一郎の突きをかわし、逆手に持った短刀で小手を斬り、高股《たかもも》を薙《な》いだ。

「畜生め……」

その場に倒れた蓑一郎を、お夏、清次、鶴吉が囲んだ。この時には六人の手下は一様に息絶えていた。

「蓑さん、あたしゃあ悲しいよ……」

お夏はつくづくと言った。

「あの世でお父《と》つぁんが悲しんでいようよ……」

「ちょいとばかり、夢を見ただけさ……。おれも、又市も……。金に詰まって父つぁんを訪ねたが断られてよう……。誰でも我が身がかわいいもんだろう。清次、鶴さん……、お前《めえ》ら、けちな暮らしがそんなに楽しいか……」

手負いの蓑一郎は、荒い息の下ニヤリと笑って、お夏、清次、鶴吉をゆっくりと見回した。

清次と鶴吉は、ただ黙って蓑一郎を見ていた。やがて別れ行くかつての仲間を憐《あわ》れみっつ――。

「ふふふ……」

蓑一郎は不敵な笑みを浮かべると、やがて懐から丸い物を取り出し、傍らの火鉢に投げ入れようとした。

その刹那、三つの刃が同時に蓑一郎に投げつけられ、見事にその身を貫いていた。

蓑一郎の手から、ころころと火薬玉が転がって、息絶えた持ち主の顔の前でぴたりと止まった。

七

鮮やかに斬られて死んでいる怪しげな男達の姿は、やがて発見されて、町奉行所ではちょっとした騒ぎとなった。

細工が施された寮の造りや遺された手槍を見るに、ここは盗っ人の隠れ家であったと思われた。

南町奉行所定町廻り同心・濱名茂十郎も詮議に駆り出されたが、

「こ奴らは、盗っ人といってもただの三下としか見えねえな……」

運ばれた六つの骸を見てそう言ったという。

そこには頭目である蓑一郎の骸だけが消えていた。

お夏、清次、鶴吉の思い出を汚すその骸が、三人によっていずれかに葬り去られたのは言うまでもない。

そして、茂十郎にもそんな事情は知る由がなかったのである。

「役に立たねえ三下が始末されたってところかもしれねえな……」

茂十郎は念のため、かつては盗っ人で、今は町奉行所の手先となって働いている連中を集めて検分させたところ、

「この野郎の顔には見覚えがありますぜ……」

というのが一人あった。

素行が悪いので、結局一緒に盗みはしなかったが、言うことだけは大きくて、

「おれは魂風《たまかぜ》一家で仕事をしていたもんだぜ……、などと大法螺を吹いておりやしたよ」

と、骸を見て嘲笑《あざわら》うように言ったものだ。

「魂風一家だと？　そいつはお笑い草だな。こんな野郎がいたはずはねえやな……」

茂十郎もまた一笑に付した。

魂風一家とは、今から二十年ほど前から五、六年の間江戸の町に出没した盗賊で、〝盗みはすれど非道はせず〟そんな芝居に出てくるような〝義賊〟と呼ばれた盗っ人であった。

襲われるのは、決まって評判の悪い武家や大店の商人で、町の者達はそれが襲われる度に溜飲《りゅういん》を下げた。

鬼や外敵が来る方から吹き寄せる激しい風の由来から、いつしかこれに憧れた盗っ人達が〝魂風一家〟と名を付けたのが、町奉行所の中でも広がったのだという。

しかし、数年の間出没したかと思うと、ぴたりとそれらしき盗みの形跡はなくなって、まったく謎とされてきた。

それゆえに、

「ありゃあ、天人が罰を与えに降りてきたんじゃあねえかい……」

などと噂をされて、一時は贔屓をする者が多かったが、それも年月と共に忘れられるようになっていた。

茂十郎にとっても親世代の話であったから、直に触れていなかった魂風一家であったが、

「何もわからねえままに終るのも、奉行所の名折れだな……」

茂十郎は時にその名が出ると、決まってそう言うのである。

濱名茂十郎にとって、魂風一家は何か因縁のある存在なのであろうか——。

ともあれ、大法螺を吹いた三下盗っ人を成敗したお夏と清次は、何事もなかったように居酒屋での暮らしに戻っていた。

鶴吉もまた、廻り髪結に戻り、居酒屋に近づくこともなかったが、しばらくしてからふっと清次が住む小屋に訪ねてきて、風呂敷に包まれた物を置いていった。

「うっかり忘れていたんだが、三年ほど前に、佐兵衛の父つぁんから、おれが死んだらこの木彫りの観音様を寺の和尚《おしよう》に渡してくれ、それと引き換えに、おれが和尚に預けてある物をくれるはずだから、まあ形見にしてくんねえ……。そう言われていたのさ……」

鶴吉はそのことを思い出して、言われた通りにしてみると、寺の老和尚は、

「左様か、佐兵衛殿が死んだか……。好い男であったがのう……」

そう言って、風呂敷包みをひとつ手渡してくれた。

佐兵衛が和尚とどういう繋がりがあったかはしれないが、鶴吉が渡した観音像を押し頂き、これを祀《まつ》って佐兵衛の御霊を弔おうとしんみりして頷いた。

鶴吉は風呂敷包みを家へ持ち帰り中を改めてみると、かつての仲間一人一人の名が刻まれたある物が出てきたという。

「おれの分はいただいたよ。後はおれが様子を見て配り歩くこととしよう。清さん、おれは何だか涙もろくなったから、おれがここを出てから中を改めてくんな……」

鶴吉はそう言い置いてそそくさと去っていったのだ。

中を改めると四つの枡が出てきた。いずれも枡の一隅に少し削りとられた小穴がある。

どうやらこれはあら塩を入れる穴のようである。

ここに口をつけてから酒を飲む――。

「飲んだら、ほんの少しでいいから、おれのことを思い出してくんな……」

身を患い、佐兵衛はやがて来る死を察していたのだ。

頑固で何かというと照れくさがる、佐兵衛の声が聞こえてきそうであった。

お夏、清次の名が、枡には刻まれてある。

お夏はその枡を見て、

「小父さん……」

声を詰まらせた。

枡に刻まれた自分の名を見たからだけではない。

あと二つの枡に刻まれてある名を見たからだ。

〝蓑一郎〟〝又市〟と刻まれてあった。

金に詰まり、佐兵衛の懐を狙って凶行に及んだこの二人をも、佐兵衛はいつも気にかけていたのだ。

この二人にさえそうだったのだ。

「もう会わねえ……」

などと言いながら、どれだけお夏に会いたいと思っていたことだろうか。

「小父さん……。この枡で一杯やる度に、お前さんのことを思い出しますよ……」

そうして、〝相模屋〟に酒を飲みに来た荒くれ共を叱りつけた佐兵衛のように、自分はくそ婆ァで生きていきますよと誓いつつ、お夏は店へと出て、余分になった二つの枡を炉にくべた。

遠い日の懐かしき思い出が、燃えあがる赤い炎の向こうに浮かんでは消えた。

この作品は書き下ろしです。

居酒屋《いざかや》お夏《なつ》 二

春呼《はるよ》ぶどんぶり

岡本《おかもと》さとる

平成27年1月15日　初版発行
令和3年9月30日　2版発行

発行人――石原正康
編集人――永島賞二
発行所――株式会社幻冬舎
〒151-0051東京都渋谷区千駄ヶ谷4-9-7
電話　03(5411)6222(営業)
　　　03(5411)6211(編集)
　　振替00120-8-767643
印刷・製本―中央精版印刷株式会社
装丁者――高橋雅之

幻冬舎時代小説文庫

ISBN978-4-344-42298-8　C0193　お-43-2